Melhores Contos

Fausto Wolff

CB045012

Direção de Edla van Steen

Melhores Contos

Fausto Wolff

Seleção e Prefácio de
André Seffrin

global
EDITORA

1ª Edição, Global Editora, São Paulo 2007
1ª Reimpressão, 2010

Diretor-Editorial
Jefferson L. Alves

Gerente de Produção
Flávio Samuel

Coordenadora-Editorial
Dida Bessana

Revisão
João Reynaldo de Paiva

Projeto de Capa
Tempodesign

Capa
Eduardo Okuno

Editoração Eletrônica
Neili Dal Rovere

Dados Internacionais de Catalogação na Publicação (CIP)
(Câmara Brasileira do Livro, SP, Brasil)

Wolff, Fausto.
Melhores contos Fausto Wolff / André Seffrin (seleção e prefácio). – 1. ed. – São Paulo : Global, 2007. (Coleção Melhores Contos)

Bibliografia.
ISBN 978-85-260-1188-5

1. Contos brasileiros. I. Seffrin, André. II. Título. III. Série.

07-0847 CDD-869.93

Índices para catálogo sistemático:

1. Contos : Literatura brasileira 869.93

Global Editora e Distribuidora Ltda.

Rua Pirapitingui, 111 – Liberdade
CEP 01508-020 – São Paulo – SP
Tel.: (11) 3277-7999 – Fax: (11) 3277-8141
e-mail: global@globaleditora.com.br
www.globaleditora.com.br

Nº de Catálogo: **2728**

André Seffrin nasceu em Júlio de Castilhos, Rio Grande do Sul, 1965, e reside no Rio de Janeiro desde 1987. Crítico e ensaísta, atuou em jornais e revistas (*O Globo, Jornal do Brasil, Última Hora, Jornal da Tarde, Gazeta Mercantil, Manchete* etc.), escreveu diversos prefácios e ensaios para edições de autores nacionais e organizou, entre outros livros, a *Antologia poética* de Foed Castro Chamma (Imprensa Oficial do Paraná, 2001), as novelas *O desconhecido e mãos vazias* e *Inácio, o enfeitiçado e Baltazar de Lúcio Cardoso* (Civilização Brasileira, 2000/2002), os *Contos e novelas reunidos* de Samuel Rawet (Civilização Brasileira, 2004), os *Melhores poemas Alberto da Costa e Silva* (Global, 2007) e *A poesia é necessária* de Rubem Braga. Também escreveu ensaios biográficos para edições de arte: *Roberto Burle Marx* (1995), *Joaquim Tenreiro: artista e artesão* (1998) e *Sergio Rodrigues se recorda* (2000).

FIGURAS ARQUETÍPICAS

Estreante de 1966 com o romance *O acrobata pede desculpas e cai*, Fausto Wolff publicou até agora cerca de duas dezenas de livros – romances, coletâneas de contos, antologias de crônicas, reportagens e livros de poesia, sem esquecer a literatura infantil, em que também se destaca com *Sandra na terra do antes*, de 1979, obra-prima do gênero sucessivamente reeditada. Sobretudo depois da publicação do romance *À mão esquerda*, em 1996, ele conquistou seu lugar entre nossos maiores escritores, perspectiva ampliada ainda pelos contos de *O homem e seu algoz*, em 1998, pelos poemas de *Gaiteiro velho*, em 2003, e pelo romance-miscelânia *A milésima segunda noite ou história do mundo para sobreviventes*, em 2005.

Esse último livro resume ao mesmo tempo em que amplia todos os outros. É o testamento de um humanista, revelando-se numa "compilação de fatos, lendas, histórias, poesias, casos, orações, leis, estatísticas, profecias, artigos, reportagens, ensaios e brincadeiras", ou seja, um livro mais ficcional que filosófico, apesar das aparências e de sua extraordinária densidade documental e existencial. Crivado de narrativas autocontidas ou sequenciais, aparentemente sem qualquer ordenação prévia, Fausto Wolff escreve ao sabor de quem conta histórias "desordenadamente, como elas se apresentam no sonho, sem futuro e sem passado, apenas no presente". Isso porque "há milhões de histórias na cabeça do contador de histórias", e "elas se embaralham, se confundem, não fazem sentido". Fazem, na verdade, mais sentido do que se imagina, pois nenhum leitor sai de suas páginas como entrou. A transfiguração é inevitável. Como na leitura de *A morte de Ivan Ilitch* de Tolstoi, em Fausto Wolff somos convidados a virar do avesso, a conhecer o início do fim, o desengonço do mundo, o oco das coisas, nossas fragilidades todas.

Ao contrário de Rubem Fonseca ou José J. Veiga, Fausto Wolff primeiro escreveu romances e só chegou ao conto bem mais tarde, contrariando a velha lenda segundo a qual o conto é um rito de passagem para o romance. Com liberdade de locomoção, ora extrai o conto de um fragmento de romance ("A puta"), ora desenvolve em narrativa curta a ideia que caberia em romance ou novela ("O passarinho"). Tais aspectos, que poderiam eventualmente enfraquecê-lo, acabam por dinamizar e potencializar seus dons excepcionais de narrador. Ao integrar o universo dos grandes mestres da narrativa contemporânea, ele igualmente se coloca entre os grandes mestres da sátira, cada vez mais fiel a uma literatura de sentido primordialmente ético. E, a partir de *ABC do Fausto Wolff*, em 1988, filiou-se aos humoristas clássicos, na linha de Juvenal e Marcial.

Como se sabe, uma linhagem que passa pela picaresca espanhola e pela comédia de costumes, por Voltaire e Gregório de Mattos, para chegar aos nossos dias nas vozes de Millôr Fernandes, Luís Fernando Veríssimo e Fausto Wolff. São escritores que ganham em acidez e verdade uma dimensão que é a do humor clássico, com a sua capacidade de rir das misérias humanas. Lâmina satírica afiadíssima, Fausto Wolff de fato costuma transitar com ânimo de denúncia por todos os assuntos, captando a realidade circundante com extraordinário senso poético. E, escritor por fatalidade, está condenado a viver o drama do artista que não encontra cura para a doença de existir e de escrever, conforme atesta em *A milésima segunda noite:* "Não escrever, para mim, é como a morte. Tenho medo do que possa acontecer comigo do lado de lá; do lado dos que não escrevem". Assim, ele desce à raiz das coisas em busca, como diria Manoel de Barros, dos "bens de poesia", únicos bens nos espaços desérticos de um mundo degradado. Nessa busca, seu temperamento romântico tangencia incessantemente o alegórico e o picaresco, tão bem congeminados em "A puta", um dos seus contos exemplares (sim, na trilha de Cervantes).

Esta sua face pícara e alegórica não escapou à observação aguda de Antonio Olinto, que foi tentado a inseri-lo "num meio-termo entre o realista e o alegórico, mas também com traços picarescos". Ficcionista da cidade, como o Manuel Antonio de Almeida das *Memórias de um sargento de milícias*, Fausto cria tipos *sociais* e não tipos *psicológicos*, como apontou Wilson Martins a respeito dos personagens das *Memórias de um sargento*... Distinção que diz muito, uma vez que os personagens dos contos de Fausto identificam-se antes pelo seu perfil social ou profissional – como "a velha", "o jardineiro", "a menina", "a puta", "o escritor", "o homem" etc. – que pelos contornos psicológicos, que em seu caso contam pouco ou quase nada. Move-se muito bem nessa seara: cria figuras arquetípicas num universo a que se propõe orquestrar de maneira quase épica. Entretanto, "seria necessário o talento de um escritor maior para descrever a humanidade temerosa da própria beleza", diz o narrador de "A menina". De novo em "A puta", esse mesmo narrador parece voltar à carga: "Escrever um conto e tentar descrever Copacabana, principalmente a Avenida Atlântica num glorioso dia de verão, não é coisa para meu bico; é coisa para escritor mais íntimo de Deus e dos mistérios do por que ele decidiu concentrar tanta beleza num só lugar". Esta autoironia disfarçada em modéstia o afasta da pirotecnia do gênero, livrando-o das camisas de força da tradição, o que é muito bom.

Ainda segundo Antonio Olinto, Fausto Wolff concebe suas histórias "em assomos de ilogicismos" e "parece fincar-se na posição defendida por Robert Graves para a poesia de hoje: a de lutar contra uma lógica formal que, no seu entender, asfixia o poema desde os tempos filosóficos da Grécia. Como seu terreno é ilógico, também a linguagem ganha em Fausto Wolff um modo ilógico de narrar, com palavras que parecem chocar-se uma com outra, mas que findam por ser didáticas. Da narrativa ficcional e da poesia como espelho de realidades, muito se dirá ainda, principalmente se atentarmos para o fato de que, em países jovens, costuma a literatura assumir tom didático".

Por outro lado, seu confessionalismo inflama o protesto, na contrabalança entre o fantástico, o onírico e o grotesco. Mas a denúncia em Fausto Wolff não comparece como elemento estranho ao texto, e sim num plano metafórico, a exemplo do que ocorre em contos como "O jardineiro", "O canibal", "O escritor" e "O Deus". Em resumo, metalinguagem, autobiografia e um ânimo de reportagem acompanham quase tudo que ele escreve, porque Fausto Wolff é Fausto Wolff sendo autobiográfico e jornalista de protesto, no mesmo passo que incessantemente mantém um diálogo com a literatura universal, de Shakespeare a Ibsen, de Strindberg a Poe, de Andersen a Millôr Fernandes ou a ele próprio, como no conto "O escritor", entre tantas outras voltas inesquecíveis que este livro dá sobre si mesmo.

Seus melhores personagens são aqueles com os quais ele, autor, se identifica. Os excluídos, os humilhados e ofendidos, os que não aceitam a hipocrisia e a mentira, os que se revoltam. Revolta que se manifesta até de maneira mansa, como em Cabelinho ("O homem"), ou mesmo Jesus ("O passarinho"), que "sabia que era um indivíduo embora não soubesse o significado de indivíduo", e que de vez em quando era trancado "num hospício onde psicólogos e psiquiatras tentavam em vão diagnosticar sua loucura". Porque o "que ele queria dar e não sabia, o que ele queria receber e não sabia, era amor". Histórias que revelam muito do temperamento de um povo, o nosso, e do temperamento do autor, que sabe como poucos descer aos porões do homem e seu algoz, um território castigado, doloroso. Em suas páginas – como num poema de Walmir Ayala –, o lobo, no espelho, reconhece-se na vítima.

E quem afirma, como Fausto Wolff, que "escrever bem pode ser importante, mas não é essencial", pois o essencial é a sinceridade – "isso, por si só, já é um estilo" – sabe que a estética em momento algum deve se dissociar da ética, e é nessa esfera que transitam os grandes artistas, entre eles os da literatura. Sem ser um estilista, o autor destes contos escreve um dos melhores textos de nossa paisagem literária, brasileira e portuguesa, num nível estilístico que certamente pode nos colocar em pé de igualdade com qualquer outra literatura, hoje. Estigmatizado pelas altas esferas do nosso meio intelectual, é sintomático que passe ao largo de suas pompas e imprevistas vaidades, uma vez que não deixa de dizer o que pensa, sem medo de ferir ou ferir-se, aqui e agora. Prefere assim ficar na companhia de Walt Whitman, para quem tocar no livro é tocar em quem o escreveu.

André Seffrin

CONTOS

O JARDINEIRO

Como todo país neoliberal do Terceiro Mundo, o Brasil é uma democracia. Tanto o Executivo, como o Judiciário, o Legislativo e a Mídia estão de acordo. A grande maioria da população não se pronuncia, pois ou está morrendo de fome ou está desempregada, ou está traficando drogas ou dando o pouco dinheiro que lhe sobrou para os pastores eletrônicos, ou está na cadeia, ou está vendo novelas num dos 6.200 canais de TV à sua disposição. Como a maioria não se faz ouvir, ou seja, não tem como reclamar, não há atritos na máquina social.

Abro o jornal por hábito, uma vez que sei que tanto os órgãos de esquerda, como os de centro e os de direita, louvarão o governo. Como já tenho idade suficiente para preocupar-me com as coisas do corpo – o espírito continua jovem, mas a matéria conspira – vou direto à sessão de avisos fúnebres. A safra deste fim de ano foi brutal. Brutal é um dos muitos nomes da morte. Outros são: Súbita, Lenta, Dolorosa, Instantânea, Cruel, e assim por diante. No final, ela vence sempre. Mas dizem que já existem métodos para retardá-la *ad infinitum* e que a grande maioria, sem acesso a nenhum dos quatro poderes, ignora.

Desconfio que isso seja verdade, pois, pela ordem, morrem crianças pobres, adultos pobres e belos seres humanos. Raramente se tem a notícia da morte de um canalha. Imediatamente, após baterem os mocassins italianos costurados à mão, esses senhores que sempre conspiraram contra o país, a cultura, a educação, a tradição, a honra e a dignidade são imediatamente transformados em santos, que é como passarão para a posteridade, ao lado de seus pares, nas enciclopédias.

Mas, dizia eu, dirigi-me à sessão de avisos fúnebres. Lá, entre outras notas, deparei-me com a seguinte:

"Falecerá na próxima quinta-feira, dia 24 de junho, às 16h10m, o conhecido homem de negócios, latifundiário, industrial, diretor de bancos e senador Arrabão Chaisskopf de Oliveira, vítima de uma inflação nos gerânios. O féretro sairá de sua residência à Avenida Vieira Souto, 3412, cobertura, com dois salões, sala de jogos, duas cozinhas, oito quartos, doze banheiros, piscina, sauna, jardim suspenso, quartinho de empregada, cinco vagas na garagem. Tratar com o porteiro a partir do dia 25".

Sou um veterano jornalista aposentado e vivo de biscates que me permitem, embora o Brasil seja uma democracia neoliberal, levar uma existência digna e tediosa. Mesmo que me decidisse a voltar a trabalhar nos meios de comunicação, não haveria o que fazer, pois as notícias são sempre as mesmas, divulgadas pelo governo. Manchetes mais ou menos assim: "Governo Pensa com Carinho na Reforma Agrária" ou "Reforma Agrária nos Planos do Governo para o Ano 2010".

Confesso, porém, que a inventividade dos meus ex-colegas, às vezes, me surpreende. Como seu único trabalho é reescrever as notas oficiais, de modo a torná-las mais digeríveis à classe média – mínima – que ainda lê jornais, ultimamente reuniram seus potenciais energéticos interiores e passaram a se concentrar nas notícias ainda por acontecer.

Já há alguns meses sabemos com exatidão quem vai morrer, desde, naturalmente, que o futuro cadáver seja rico. Sabemos ainda mais: como ele vai morrer, onde e quando. O povo crê que os jornalistas, de repente, adquiriram esse terceiro olho que lhes permite antever as mortes. Embora longe das redações, mantenho minhas fontes e tenho outra versão para o milagre. Aparentemente, todas às sextas-feiras, por volta das 18 horas, mensageiros do ministro A. C. Godot Magalhães, aparecem nas redações dos mais importantes jornais, rádios e televisões do país, e entregam uma lista com o nome das pessoas que morrerão nos próximos sete dias.

A lista informa com precisão cronométrica, o local, a hora e a causa da morte do futuro morto. Fala-se vagamente num serviço de relações públicas da assessoria de imprensa do Banco Central. A ideia é facilitar a vida do pré-cadáver que, ao ler a notícia da sua morte próxima no jornal ou em qualquer outro veículo de comunicação, pode tomar providências com toda a calma do mundo: botar os papéis em ordem, preparar o testamento, satisfazer recônditas fantasias sexuais, decidir onde e como quer ser enterrado ou cremado; escolher com os familiares os doces, salgadinhos e bebidas a serem servidos no velório, o padre que oficiará a cerimônia, e ter em mãos, com razoável antecedência, para modificar um ou outro detalhe, o texto do sermão que será lido na missa de sétimo dia.

Poucas coisas me espantam numa democracia, mas confesso que a notícia da morte de Arrabão Chaisskopf de Oliveira, para daqui a uma semana, me pegou de surpresa. No Brasil, só os bons e os pobres morrem cedo. E

Arrabão, não tenho dúvidas, sempre foi um grandissíssimo patife, para dizer muito pouco. Temos a mesma idade, 50 anos, e crescemos juntos na mesma rua da Aldeia Campista. Desde garotinho já dava mostras do mau-caráter que seria. Todo bairro tem, ou pelo menos tinha, aquele garoto que, ou por ser efeminado, ou por ser mais fraco, acaba sendo sodomizado pelos outros. Na nossa rua não existia um menino assim, mas existia o Arrabão que, embora não tivesse qualquer remota tendência homossexual, se deixava usar por dinheiro. Gordinho, dentuço, quatro olhos, sempre teve pelo dinheiro um amor profundo e sincero. Adorava o dinheiro e se deixava......... sem trauma, remorso ou culpa, pelos garotos. Seus pais, embora pobres como os pais dos outros moleques, eram os mais ricos da rua. Como Arrabão era o único a possuir uma bola de futebol, ele a alugava. Na escola, denunciava aos professores qualquer traquinagem que houvéssemos feito e, por alguns selos, estampas do sabonete Eucalol, bolinhas de gude ou um dinheiro extra, deixava que espiássemos a sua mãe tomar banho nua.

Pedindo desculpas de antemão pelo lugar-comum, eu ousaria dizer que não havia uma fímbria de caráter na jaça que era o Arrabão. Desde menino, demonstrava possuir todas as qualidades necessárias ao grande político, homem de negócios, banqueiro, industrial, latifundiário, ladrão, enfim. Um vencedor que certamente iria longe. Depois de falsificar um cheque e retirar do banco todas as economias do velho pai, mudou-se para São Paulo onde, em pouco tempo, já era dono de um prostíbulo que oferecia menores para pedófilos. Ganhou muito dinheiro. De volta ao Rio, com o capital do lenocínio, inaugurou uma cadeia de supermercados, comprou um banco, investiu numa rede de televisão da qual acabou por se apropriar através de métodos que seriam considerados escusos antes do Brasil transformar-se numa democracia neoliberal. Dizem que, além disso, hoje em dia, tem terras no Pará onde se poderia instalar umas três Bélgicas, e é testa de ferro de inúmeras multinacionais tão necessárias para a modernidade de um país como o nosso. Finalmente, para não ter mais que apelar para o poder, transformou-se no próprio poder ao comprar os votos necessários para se eleger senador.

Na minha profissão conheci muita gente que parecia ser crota. Pessoas honradas, rebeldes, que lutavam por uma sociedade melhor. Quando convidadas para dividir a mesa do poder, entretanto, deixavam de ser crotas, ocasião em que alguns poucos jornalistas independentes as classificavam de ex-crotas. Seria uma injustiça dizer que Arrabão fora croto alguma vez. Já nascera ex-croto. Nem a paixão pela jardinagem, seu único *hobby*, além daquele de roubar dos pobres para dar aos ricos, poderia livrá-lo do inferno, quando morresse. E, aparentemente, sua hora estava para chegar.

A notícia da próxima morte de Arrabão fora publicada numa quarta-feira. Como faço todos os sábados, fui me reunir com a velha turma num boteco da Aldeia Campista, onde comemos rabada e derrubamos um barril de chope. Naturalmente, o assunto principal foi a morte de Arrabão que ocorreria dentro de quatro dias. Fui encarregado de telefonar e, se possível, encontrar-me com ele para as despedidas de praxe, em nome da turma.

– De jeito nenhum. Jamais fui com os cornos desse filhodaputa e não vai ser agora, só porque ele vai morrer, que eu vou mudar.

– Mas tem de ser você – disse Ari Paquequer, dono do açougue, poeta e nosso líder.

– E por que eu?

– Porque você foi o único que não comeu o Arrabão quando éramos garotos – respondeu Sergio Carneiro, o melhor cozinheiro da Zona Norte.

Embora não convencido pelo argumento, decidi concordar.

De volta a Copacabana, telefonei do meu apartamento.

– Gostaria de falar com o doutor Arrabão Chaisskopf de Oliveira.

– Quem deseja?

– Diga-lhe que é o Antonio Carlos Lobo, seu companheiro de infância.

Depois de meia hora de espera, ouvindo músicas adocicadas, entremeadas de informações sobre as vantagens do Plano de Saúde que Arrabão comprara recentemente, uma secretária colocou-me em contato com ele.

– Antonio Carlos Lobo, seu canalha! – Era a sua forma de demonstrar gentileza. – A que devo a honra depois de tantos anos?

– É que li a notícia da tua morte marcada para a próxima quarta-feira na sessão de avisos fúnebres de *O Globo*.

– E daí, seu canalha?

– Daí, que embora você jamais tenha praticado uma só boa ação em toda a sua vida, decidi telefonar, em nome da turma da Aldeia Campista...

– Grande turma! Todos trouxas! – interrompeu ele. E eu:

– Pois é, fui escolhido pela turma para saber como você está se sentindo?

– Numa boa, rapaz, numa boa! Mandando os negócios para frente. Isso de você saber com exatidão a hora em que vai desta para melhor, é a maior modernidade.

Porra, sempre tive orgulho do meu país. Pode haver coisa mais conveniente? Espero que você compareça ao enterro. Só, pelo amor de Deus, não convida aqueles suburbanos da Aldeia Campista, porque estarão presentes autoridades civis e militares, além de toda a sociedade. Convido você porque, afinal de contas, já foi um jornalista conhecido. Olha, não vou poupar despesas. Uísque pacas, mulheres elegantes, cobertura de rádio, jornal e televisão. O Swan e a Danusa já confirmaram presença. O presidente da República, também. Afinal de contas, não se morre duas vezes.

– Sinto muito, Arrabão, mas já tenho um compromisso para quarta-feira.

– Então, vamos fazer uma coisa – disse ele com aquela sua vozinha que continuava sendo tão irritantemente aguda quanto quarenta anos atrás – como você pode imaginar, estou com a minha agenda toda tomada, mas vem um pessoal da *House&Garden* aqui em casa para fotografar a minha estufa. Enquanto eles estiverem trabalhando, podemos tomar um uísque e falar sobre os velhos tempos.

Pensei em recusar, mas que diabos, não sou nenhum canalha, e é difícil negar o pedido de um sujeito que vai morrer dentro de dias.

– Que horas?

– Depois do almoço. Me dá teu endereço que mando o chofer te apanhar.

– Não é preciso. Pego um táxi. Teu endereço saiu publicado no jornal. A propósito, li já há alguns meses sobre esta tua paixão pela jardinagem. O que é que você anda plantando?

– Ora, de tudo um pouco. Mas minha paixão são as hemorroidas.

Me despedi rapidamente e desliguei.

Arrabão morava num triplex que devia ter mais de mil metros quadrados. Fui recebido por um mordomo asiático que me conduziu num elevador particular até a cobertura, onde Arrabão conversava com os fotógrafos da *House&Garden*, revista internacional especializada em mostrar aos pobres como vivem os grã-finos, e essencial para uma democracia como a brasileira. Arrabão, com exceção da calvície, pouco mudara: estava com quase cem quilos, tinha um tufo de pelos embaixo do nariz achatado e olhos afundados na cara, como os de um porco.

Me recebeu efusivamente, pediu dois uísques Pinwinnie. – Puro malte, rapaz, aposto que jamais provaste um antes. – E ficamos passeando pela estufa quilométrica, enquanto os fotógrafos trabalhavam com toda a parafernália que sempre os acompanha.

– Que plantas são essas, Arrabão?

– Herpes, mas não é a estação delas. Fora da estufa não sobreviveriam. Mas veja só aquele vaso de hemorroidas. Elas vêm em cachos. Um vermelho tão vivo você não encontra nem num George de La Tour. Mas é preciso regá-las constantemente com água morna. Porra, pena você não poder ir ao casamento da minha filha dentro de dois meses. Ela estará carregando um buquê de hemoptises azuis que cultivo no sítio em Petrópolis.

– E os cancros moles? – perguntei, apenas para levar a conversa adiante.

– Este ano vão mal, rapaz. Como você sabe, os cancros moles, as flores brancas e os gonococus pedem um adubo especial para florescerem como convém, e ainda não me mandaram o adubo da Finlândia.

Arrabão parecia entusiasmado com o assunto, e decidi não interrompê-lo. Faria um pouco mais de hora, e depois me despediria.

– A mesma coisa sucede com as lepras, os enfisemas, os panariços. Já as leucemias, com os galhos devidamente podados no tempo certo, crescem robustas e fortes. Mas o que está dando lucro mesmo – que, afinal de contas é o que interessa – são as neuras, cujos bulbos devem ser plantados ainda novinhos, para que as esquizofrenias e as paranoias possam ser colhidas no ponto certo.

Esse amor de Arrabão pela floricultura não me enganava. Ele era sócio de um dos maiores laboratórios farmacêuticos do mundo. Distribuindo suas plantas por todos os continentes, era fácil imaginar as pessoas correndo para as farmácias a fim de comprar seus produtos. De qualquer modo, para um homem que tem apenas alguns dias de vida, me pareceu calmo demais.

– Bem, Arrabão, o papo está muito bom, mas ainda tenho algumas coisas para fazer. Sinto muito pela sua morte na quarta-feira...

Ele me interrompeu.

– Que nada, rapaz! São coisas da vida! A morte é inevitável e precisamos nos conformar com ela. Só espero que você esteja tão bem preparado como eu, Lobinho.

– Prefiro ser apanhado de surpresa.

– Vê-se logo que você não está pronto para a modernidade.

Trocamos mais algumas palavras e o mordomo asiático me conduziu ao elevador.

Na quarta-feira, cinco horas antes da hora marcada para o enterro de Arrabão, eu não conseguia me decidir se compareceria. Acabaram decidindo por mim. Pelo interfone, o porteiro me avisou que três senhores do Banco Central queriam falar comigo.

Dois minutos depois apertaram a campainha. Abri a porta e dei de cara com três rapazes fortes, elegantemente vestidos, que não deveriam ter mais de trinta anos. Mostraram-me as credenciais. Disse-me, o que parecia ser o líder:

– O senhor precisa nos acompanhar até o banco.

– Por quê?

– Não leu os jornais?

– Li.

– Então sabe que a sua morte devido à insidiosa inflação nos gerânios, está marcada para às 16h10 de hoje e já estamos atrasados.

Embora um pouco assustado, consegui dizer, sorrindo:

– Vocês estão enganados. Quem vai morrer é o milionário Arrabão Chaisskopf. Meu nome é Antonio Carlos Lobo e sou jornalista. Não me chamo Arrabão Chaisskopf.

– Não se chamava. Aqui estão os seus novos documentos.

Um outro rapaz, louro, alto, se aproximou, sorrindo, e me estendeu a mão que apertei, sem pensar.

– Parabéns, seu enterro será de primeira. Milhares de flores brancas cobrirão seu esquife. Será uma cerimônia a ser lembrada por muitos anos.

E um terceiro, também jovem, mas barbudinho:

– O senhor pode não ter tido uma vida das melhores, mas vai morrer como milionário.

Tentei reagir, mas uma pistola na mão direita do que parecia ser o líder me fez mudar de ideia. Algemaram meus punhos e o porteiro do prédio nem olhou para nós quando passamos por ele, para, em seguida, entrar na limusine negra do Banco Central.

Pouco depois, numa das celas do calabouço do Banco Central, eu me perguntava: "Mas por que ele foi escolher logo eu para morrer em seu lugar? Logo eu que fui o único a não abusar daquele filhodamãe quando éramos crianças?

Num país onde não existem mais crotos, apenas ex--crotos; num país onde se noticia o futuro, num país onde se plantam doenças em vez de flores, tudo pode acontecer. "Como foi que deixamos a coisa chegar a esse ponto?", me perguntei enquanto era preparado pelo barbeiro, manicure, alfaiate e três seguranças, para o meu próprio enterro.

A VELHA

São nove horas de uma bela manhã de maio. Dessas manhãs cariocas tão melodiosas, que basta alguém acionar o gravador por meia hora, para obter uma sinfonia. Claro que não estamos falando de gravar os sons da Av. Brasil, mas de uma rua como esta, por exemplo: residencial, arborizada, além da Marquês de São Vicente, além do Parque da Cidade, onde se tem a impressão de viver na serra todos os dias. Rua Tenente Arames Filho. Pois são nove horas de uma dessas manhãs que Deus faz para provar sua existência aos incréus.

Um rapaz de seus 16 anos, mulato ruço, de olhos verdes, um metro e setenta, feições agradáveis, vestindo jeans, tênis, e uma camisa onde se pode ler *I Love New York*, está sentado no meio-fio, debaixo de uma árvore, há mais de meia hora. Do outro lado da rua, por onde passam pouquíssimos automóveis, há um muro de pedras de mais de dois metros, quase totalmente coberto de hera. O garoto parece ter tomado uma decisão, pois acaba de se levantar. Está atravessando a rua. Quando chega ao portão do muro, ele se abre à sua frente. Leva um susto, mas o susto se transforma em alívio, ao ver uma velhinha. Antes que ela possa dizer palavra, ele entra.

– Você deve ser do orfanato do frei Chico de Paula. Ele me disse, há uma semana, que mandaria alguém para apanhar as coisas, mas tive a impressão de que seria amanhã. Devo ter me confundido. É a idade.

A casa é antiga, amarelo-ouro, com grandes espaços cobertos por camadas de musgo verdinho. O jardim é bem cuidado, e as flores aparecem aqui e ali entre as plantas. Um sol fraco ilumina o lugar, mas não é suficiente para desfazer a umidade que brota da terra. Uma alameda florida conduz a uma escadaria que dá para uma imensa varanda.

A velha se abaixa para arrancar uma erva daninha de um canteiro e o rapaz fica parado atrás dela.

– O que é que você faz aí, rapaz? Vá subindo a escada. Achei que você só viria amanhã e nem arrumei as doações. Você vai ter de esperar um bocado. Se quiser voltar mais tarde, tudo bem.

– Não, eu não me incomodo de esperar.

– Então suba e me espere sentado na varanda. Na minha idade, não é fácil subir escadas.

O rapaz obedece, enquanto dona Maria Olívia Campos Trotta, 72 anos, professora de canto lírico aposentada, viúva do juiz Bertoldo Trotta e moradora da mansão desde que nasceu, decide que existem ervas daninhas em outros canteiros que examina cuidadosamente. Uma mulher de doces olhos azuis, *rouge* na face, um pouco de batom nos lábios, e suaves cabelos grisalhos que prende em um coque na nuca. Veste uma saia branca que desce até as canelas e uma blusa de seda vermelha. Discretamente elegante, não tem mais de 1,60m.

O rapaz senta-se numa cadeira da varanda, obedientemente. Mas depois de alguns minutos se levanta e olha para o imenso salão através de altas portas de vidro. Pensa estar num palácio. Nunca estivera antes na casa de gente rica. Trabalha desde os 6 anos, quando pedia esmolas, depois foi servente de pedreiro, engraxate, ajudante de garçom, até ser despedido um mês atrás. Cartas Alberto

Feliciano, mais conhecido como Rucinho, não sabe que invadiu muros de pedra, fiéis guardiães do passado que, ali dentro, continua vivo.

Quando se volta, dá de cara com a velha, na sua frente. "Como essa velha conseguiu subir essa escadona tão depressa?" se pergunta o garoto. Ela o encara docemente, como sua avó costumava fazer todas as manhãs, quando era menino e saía do barraco onde moravam no Morro do Formiga, para engraxar sapatos na Av. Rio Branco. Ela o olhava como se não fosse vê-lo mais. Por alguns segundos, nenhum dos dois diz nada. Rucinho, sem jeito, quebra o silêncio:

– Que lugar bonito!

– Ah, meu filho, nem me fala. Depois que perdi meu marido, mudou tudo. Completamente. Você sabe, a pessoa acostumada, vivendo junto naquela vida feliz, ver de repente tudo mudar... Tudo muda.

Rucinho não pode fazer nada, além de concordar. Pelo menos, por enquanto.

– É verdade.

– Você está com fome, meu filho?

Ele estava.

– Então, espera aqui que vou lá dentro preparar alguma coisa para nós. Eu também ainda não comi nada.

Menos de cinco minutos depois, ela está de volta e traz nas mãos um livro enorme, de capa dura.

– Vai demorar um pouquinho porque estou sem empregada. Essas meninas de hoje não sabem fazer nada. Você sabe ler?

– Claro que sei.

– Então fique lendo essas histórias enquanto preparo o nosso café da manhã.

Rucinho jamais fora tratado assim na sua vida. Começa a folhear o enorme volume de contos dos Irmãos Grimm. Acaba se interessando pela história de João e Maria, impressa em letras enormes com ilustrações coloridas, brilhantes, coladas nas páginas. Na hora em que a bruxa ia prender as duas crianças, a velha reaparece. Traz um sorriso nos lábios e, numa bandeja, duas xícaras de chá, torradas, manteiga, marmelada, dois bules, queijo e bolinhos de chuva.

– Você prefere chá ou milk-shake?

– Milk-shake, mas a senhora não precisava se incomodar.

"Que milk-shake!", pensa Rucinho. "Nem no Mac Donald's! E os bolinhos!"

Sem olhar para ela, pois não consegue parar de comer, Rucinho pergunta:

– A senhora vive sozinha aqui?

– Tem um jardineiro e uma faxineira que vem uma vez por semana. Hoje é folga do chofer. Mas nem sempre fui tão sozinha. Meu marido era exemplar. Uma pessoa maravilhosa. Nunca deixou faltar nada em casa. Me tratava muito bem, sempre tratou. Adorava os filhos, os netos, era um homem que amava a família, muito caprichoso. Depois que se aposentou, então, cuidava de tudo. Fez esse jardim que está aí fora, cuidava das plantas... Acordava todos os dias bem cedinho, ia comprar o pão, o leite, o jornal, e ficava aí na varanda, lendo. Depois começava a trabalhar aqui e ali, e não parava mais. Era assim, o dia inteiro. Pregava uma cadeira, lavava o carro...

– Eu também trabalho desde pequeninho, dona... – Maria Olívia.

– No dia em que ele... morreu, não conseguiu nem levantar da cama. Eu achei estranho. Pensei que estava dormindo. Desci para fazer café e esperei aqui onde nós estamos. Naquele dia não teve pão nem leite. Quando subi, encontrei ele todo roxo.

– O que foi?

– Coração. Tinha três pontes de safena, mas era um

homem forte, saudável, bem disposto, bonitão mesmo. Quando passeava aqui pelo bairro, todos admiravam. Uma saudade... – A velha faz uma pausa para enxugar uma lágrima com um lencinho de renda. – Mas fico eu aqui falando dos meus problemas com alguém que tem muito mais problemas do que eu, um órfão.

– Mas tive uma avó. Não era tão bonita como a senhora, mas gostava de mim. Gostava de contar histórias, como a senhora. Como foi que a senhora conheceu seu marido?

– Ele era amigo do meu irmão e vivia aqui em casa. Eu só ficava olhando ele de longe. Mas ele percebia. Depois de algum tempo, pediu permissão ao meu pai para me namorar.

– Ué, tinha esse negócio de permissão?

– Claro. No meu tempo era assim. Tudo certinho, tudo bonitinho. Não tinha esse negócio de hoje em dia, não. As mulheres aí nessa libertinagem, mostrando o corpo a toda hora. No meu tempo, a mulher se valorizava, era recatada e tinha mais valor.

– E vocês não transavam?

– Menino, isso é coisa que se diga?

A velha se levantou e disse:

– Você espere aqui que vou buscar as coisas para o orfanato.

Rucinho ficou na dúvida. O que fazer agora? Acabou optando.

– Desculpa, dona, é que eu sou pobre. Não tive muita educação. Não sei falar direito e nem quis ofender.

A velha hesita durante alguns segundos. Acaba sentando na cadeira outra vez.

– Está desculpado, mas não diga mais palavrões, que é pecado mortal.

– Então conta. Como era no seu tempo?

– Ora, ele chegava aqui em casa e nós ficávamos no sofá da sala diante de toda a minha família. Até a vovó Noquinha, que nessa época morava conosco, fazia companhia à gente na sala, conversando. E nós nos sentíamos muito bem. E agora essa gente diz que para namorar precisa ficar no escuro, numa pouca vergonha. Eu não dei beijo na boca do meu marido antes do casamento.

– E os artista da Globo, hein? Nem noiva, nem casa e já tá tudo pelado na cama, na frente do Brasil inteiro.

– Ah, mas eu sou filha de militar e meu pai era muito rigoroso – continua a velha, sem parecer ter-se incomodado com o comentário de Rucinho. – Se o Bertoldo pedisse para me levar a um passeio, ele mandava junto a tia Alzira que era solteira e morava com a gente. Essa minha tia morreu de tísica, pobrezinha. Era irmã do meu pai. Ele é que escolhia os namorados dela. Meu pai nunca se agradou de nenhum, e ela morreu solteira. Comigo foi diferente. Meu pai sempre gostou do Bertoldo. Também, ele já era advogado e estava fazendo concurso para juiz. Mal o Bertoldo chegava, o papai largava tudo e ia conversar com ele. Riam muito. Falavam de política, desses assuntos que naquela época eram assuntos de homem. Mas eu fico aqui falando que nem uma velha pateta e esqueço das obrigações com a igreja. Você pode andar por onde quiser que vou apanhar os vestidos das minhas filhas, os brinquedos dos netos e algumas coisinhas para você.

A velha entra na casa falando sozinha algumas coisas que Rucinho não entende. Aliás, havia uma porção de coisas que o garoto não entendia. Mas não devia pensar nisso, agora. Tinha é de anotar os objetos de valor, como lhe haviam dito, e ver a hora melhor de dar o bote. Havia algo de estranho naquela senhora. Como se ela te olhasse quando você não estava olhando para ela com olhos diferentes que usava quando você olhava para ela.

Anota mentalmente o que acha que pode ter valor e volta depressa para a sua cadeira na varanda. Pega o livro e retoma a leitura de onde havia parado. A bruxa já havia metido Joãozinho e Maria numa jaula. Ele também tivera uma irmãzinha chamada Maria, mas morrera logo depois do pai e da mãe. Nesse momento, ouve a voz da senhora:

– Menino, venha cá.

Ela está no topo da escada com uma pilha de roupas, bem passadinhas e arrumadinhas nas mãos, tão alta que quase cobre seu rosto. Rucinho sobe as escadas.

– Como é o teu nome, meu filho?

E agora, dizia ou não dizia? Claro que não.

– Maurício Luiz.

– Maurício Luiz, me ajuda a levar essas roupas para baixo, por favor.

Rucinho pega quase toda a pilha e desce as escadas. A velha atrás dele.

– São roupas que minhas filhas e meus netos não usam mais. Vai ver, tem aí muita coisa que te serve. Tudo novinho, mas não o suficientemente bom para eles. Meu Deus, estão todos sempre de nariz em pé, achando que sabem tudo. Isso é porque as mulheres de hoje em dia se metem em tudo e deixam as suas casas abandonadas. Os filhos fazem besteira enquanto as mulheres ficam na rua tentando tomar o lugar dos homens. Pode deixar a pilha em cima dessa mesinha ali no canto.

A velha senta-se na mesma cadeira que ocupara antes.

– Senta, Maurício Luiz.

Rucinho obedece.

A velha tira do bolso da saia uma barra de chocolate branco e passa para ele.

– Você me parece um bom menino. Tome.

Nunca ninguém o tratara tão bem. Nem a sua avó. Também, coitada, passava o dia inteiro trabalhando, e quando voltava para casa estava tão cansada que às vezes dormia sem comer nada. Essa senhora o tratava como gente, como se se importasse com a opinião dele.

– Se o meu pai fosse vivo, Deus me livre, ele ia ficar um bocado triste com as minhas netas. Umas moças que deveriam estar em casa, cuidando dos filhos, preparando a casa para o marido que passou o dia inteiro no trabalho, estão na rua, com essa mania de emprego, de estudo. E olha que têm tudo, hein? Os melhores móveis, as melhores roupas, automóveis. Os maridos não deixam faltar nada. Você vai lá e vê a geladeira cheia, a dispensa cheia. E elas querendo competir. Você não acha que eu tenho razão, Maurício Luiz?

Rucinho não sabe o que achar. Está dividido em dois. O Rucinho que quer meter o revólver na cara da velha, amarrá-la, levar o que puder e dar o fora, e o Rucinho que quer abraçá-la, cuidar dela, ficar com ela para sempre. Ter uma avó outra vez. Só que uma avó bonita, inteligente, rica. Acaba dizendo:

– Lá em casa a gente nunca teve geladeira, dona Maria Olívia, quanto mais cheia.

– Pobrezinho – diz a velha, e passa a mão levemente pelo rosto do moleque, que jamais sentira um toque tão gentil de mão humana. Perturbado, puxa assunto enquanto decide o que fazer.

– Quer dizer que elas têm tudo e não dão bola?

– É, mas com essa mania de independência acabam ficando sozinhas e depois vêm chorar na casa da mãe. Foi isso que aconteceu com uma neta minha. Bem casada com um dentista, dois filhos bonitos, cismou que tinha de fazer faculdade com mais de trinta anos. Um dia chegou em casa e encontrou um bilhete do marido. Ele tinha fugido, levado os filhos para o interior de Minas e não queria mais saber dela. Elas arrumam o problema e depois reclamam.

Nesse momento toca o telefone no fundo da sala. A velha se levanta, atende, e alguns minutos depois está de volta.

– Uma senhora da minha turma de biriba, desmarcando o jogo de sábado para domingo. Você joga biriba, Luiz Maurício?

– Só Sueca.

– Vamos ali para a mesa da sala que eu te ensino. Rucinho, esperto, logo aprende o jogo, e enquanto jogam, a velha continua falando:

– Eu também me sinto muito sozinha. Nessas horas, lembro do meu casamento. Não teve grandes comemorações porque a mãe do Bertoldo tinha falecido umas semanas antes e aí... você sabe... não ficaria bem, não é?

Rucinho, inteiramente concentrado no jogo, responde maquinalmente:

– Claro que não ficava bem.

Jogam três partidas. A velha ganha todas. Lá fora o tempo passa. Dentro dos muros da mansão da Gávea, ele descansa. Dona Maria Olívia fala sem perder a concentração no jogo.

– Mas foi uma festa bonita. O meu vestido, eu tenho até hoje. Está lá em cima guardado. Guardei porque a mamãe dizia: "Um dia, uma filha sua, uma neta, vai querer usar uma coisa linda como essa". Mal sabia que as netas nem iam querer saber de casar: só casaram porque o pai bateu pé. Se dependesse delas, juntavam os trapinhos. Não é assim que se diz? – pergunta, mas não espera resposta. – Ah, eu acho isso uma falta de vergonha muito grande. No meu tempo, as meninas sonhavam com o dia do casamento desde que se tornavam mocinhas. Hoje não, as crianças já partem para a bandalheira. Já veem tudo na televisão. Uma pouca vergonha. É homem nu, é mulher nua, é palavrão. Deus me livre e guarde. O mal é a falta de vergonha. E pergunta se alguém vem me visitar? Uma vez na vida e outra na morte, e estão sempre com pressa. Até se drogam.

– Puxa! Mas eles nem precisam.

– Pois é. Três semanas atrás, o telefone tocou na casa de uma das minhas filhas, às quatro da manhã. Eram uns policiais do Leme. Meu neto, o Bertoldo Neto, havia batido com o carro. Os policiais foram lá, e ele, além de embriagado, ainda tinha maconha e cocaína no carro. Meu genro teve de pagar um milhão para os policiais não levarem o Bertoldinho para a delegacia e lavrar o flagrante.

Rucinho acha que a senhora está com razão. Então umas putinhas e uns viadinhos que receberam tudo de mão beijada, em vez de agradecer, saem por aí se drogando e fazendo bandalheira.

A senhora não para de falar. Coisa de gente sozinha – pensa o garoto desempregado, sem conseguir se decidir se comete ou não o seu primeiro crime. Ela fala o tempo todo, mas joga esse tal de biriba muito bem. Está dando uma surra nele.

– Ah, o Rio mudou muito. Antigamente, as famílias saíam inteiras para passear. Meus pais, meus irmãos, minhas tias, todos passeavam aos domingos. Íamos à missa e depois passear pelo Centro. E não éramos agredidos. Hoje em dia, se alguém sair com a família vai encontrar uma mulher quase nua, um efeminado que é o que mais tem. Antigamente, não. Havia o respeito, e essa gente não andava livremente pelas ruas, não. Pelo amor de Deus!

Rucinho está envergonhado, mas não aguenta mais.

– Será que a senhora se incomodava se eu fosse até o banheiro?

– Claro que não, meu filho. Suba a escada. A segunda porta à direita do corredor.

Aquilo não é um banheiro. Só se for banheiro de rei. As pias branquinhas, as torneiras e as argolas para pendurar toalhas, tudo de ouro. E a banheira! Redonda, e você tem de subir dois degraus para chegar a ela. E que perfume bom! Rucinho chega à conclusão de que poderia morar ali dentro o resto da sua vida, e seria muito feliz. Urinou ajoelhado, para que não pingasse uma só gota naquele tapetão grosso e felpudo.

Desce as escadas, quase feliz. Ao sentar-se à mesa e apanhar as cartas, pergunta:

– E a senhora não tem medo de assalto?

Dona Maria Olívia olha profundamente nos olhos do garoto, de um modo diferente, como o que ele imaginara que ela olhava para ele quando ele não estava olhando para ela:

– Graças a Deus nunca me aconteceu nada, meu filho. O bairro aqui é muito tranquilo e eu quase não saio. Essa coisa de violência, esse medo todo que anda pela cidade, também não existia quando eu era moça. Você podia andar livremente. Das poucas vezes que saio, sinto como as pessoas andam assustadas. Sinto nos rostos, nos gestos. Minha filha mora num prédio no Leblon que foi completamente saqueado. Se tornou dependente de pílulas por causa da violência. Se não toma remédio, ouve barulho na fechadura, passos pela casa inteira... Bati.

Olha para Rucinho, desta vez docemente, como um anjo. Vai até a cozinha, esquenta uns pastéis de queijo no micro-ondas e volta à mesa. Vendo o garoto comer avidamente, diz:

– Nós sabemos o que é solidão, não é Maurício Luiz?

– Eu me sinto muito só – confirma Rucinho. E recomeçam a partida.

– Nos dias que se seguiram ao falecimento do Bertoldo, eu me senti muito triste. Olhava para uma poltrona que tinha ali – agora eu mandei tirar – e lembrava dele. Cachimbo na boca, porque ele fumava cachimbo. Sabia que não podia, mas fumava. Ficava a tarde inteira ali, quando não estava no jardim trabalhando. Depois que ele se foi, eu ficava aqui nesta sala, rezando, sozinha, chorando e pensando nele. É muito triste você saber que não vai ter mais a companhia de alguém que viveu tanto tempo ao teu lado. Ainda mais o Bertoldo, um homem tão bom. Quando estávamos sós em casa, nem saíamos. Ficávamos horas conversando e jogando biriba. Ele era um mau jogador, mas jogava para me agradar. Se as viúvas de homens que não foram bons maridos vivem por aí chorando, imagina eu...

Ao ver as lágrimas correrem pelos olhos daquele anjo, Rucinho se levanta e a abraça. A princípio espantada, depois mais calma, ela se deixou abraçar.

– Se a senhora quiser, eu posso ficar morando aqui, fazendo companhia, ajudando em todo o serviço, cuidando do jardim. Posso aprender a dirigir o carro. O que a senhora quiser. Não precisa pagar nada. Só não quero mais andar sozinho.

– Vou pensar nisso, meu filho. Talvez a gente possa encontrar uma solução. Vou conversar com o frei Chico de Paula, e quem sabe?

Pintou sujeira. Claro, pois se ele nem conhecia frei algum, como é que o frei ia conhecê-lo? Apontar o revólver para ela ou não? Não. Pode ser que ainda virasse ladrão, mas não seria agora. Era pobre, não tinha emprego nem lugar para morar, mas não era um filhodaputa.

– Bom, acho que está na hora de eu ir, dona Mana Olívia. – Diz isso com um aperto no coração, pois sabe que nunca mais verá a querida senhora.

– Vá, meu filho. Leve essas roupas e, quando quiser, venha apanhar o resto das coisas, os brinquedos, um liquidificador, um radinho de pilha.

Rucinho chega a se assanhar, mas não. Tomara uma decisão. Venderia as roupas e depois sairia atrás de um emprego. Abraça dona Maria Olívia outra vez e desce as escadas, atravessa a alameda e abre o portão. Ela fica no alto da escada acenando para ele, como uma fada boa. Começa a anoitecer. Passara o dia inteiro na mansão e não roubara nada. Já do lado de fora, diz para si mesmo: "Não posso perder uma oportunidade dessas. Vou voltar, falar com dona Maria Olívia, dizer a ela que ia assaltá-la, mas que o bom coração dela me salvou. Vou até mostrar o revólver para ela". Puxa a arma do bolso de trás das calças e, neste momento, a rua se ilumina totalmente. As luzes vêm dos faróis de três radiopatrulhas. A bala pega Rucinho na cabeça e, quando cai ao chão, já está morto.

Uma hora mais tarde, enquanto serve cafezinho para o detetive do distrito, a velha diz:

– Vi logo que só podia ser ladrão. Quem viria buscar a doação era uma freirinha e isso seria só amanhã. Quando a minha filha telefonou, mandei que informasse a vocês o que se passava.

– A senhora agiu bem. Só não entendo uma coisa – diz o policial.

– O quê? – pergunta dona Maria Olívia, sorrindo. – Por que disse à sua filha que nós devíamos esperar do lado de fora até ele sair? Não teve medo?

– Só um pouquinho, no princípio. E, além disso, estava louca por um biribinha.

– Sabia que ele estava armado?

– Não tinha certeza, mas ele não me ameaçou nunca.

– A senhora teve muito sangue frio, mas mesmo que ele ameaçasse, não lhe faria mal.

– Como sabe? – pergunta a professora de canto lírico, aposentada.

– Porque... o revólver dele era de brinquedo. Matéria plástica.

– Mas ele era ladrão, não era? Ladrão só a bala.

O CANIBAL

Peguei um táxi blindado na Rua Presidente Wilson no Centro do Rio e fui para casa, em Copacabana. Estivera com a turma bebendo no Vilarinho até quase nove horas. Discutimos, entre outras coisas, a data exata em que a *coisa* fora oficializada por debaixo do pano. Embora estivéssemos todos um pouco altos, garanti que a *coisa* fora reconhecida oficialmente por baixo do pano, em 2003, pouco depois do sacrifício de Golfinho Neto, ministro do planejamento do rei Fernão II, o Boca Murcha, e que, graças a esse sacrifício, viria a passar para a História como o primeiro mártir do neoliberalismo. Mas a dúvida acabou permanecendo: a *coisa* começara antes ou depois da imolação do ministro?

Ao chegar em casa, não quis nem jantar. Beijei minha mulher e os filhos e tranquei-me no estúdio. Como creio que nosso país desaparecerá em breve e como desde 1994, há quase 20 anos portanto, a imprensa, embora não oficializada, tornou-se sócia dos três poderes, deixando de ser minimamente confiável, há algum tempo que venho pensando em escrever um documento para os pósteros, ou seja, para os sobreviventes.

Agora, em meu estúdio, consultando livros e jornais anteriores a 1994, posso assegurar que a *coisa* começou bem antes, lá pelo início dos anos oitenta. Foi mais ou menos nessa época que a polícia inaugurou a moda de matar os moradores das favelas das grandes cidades brasileiras, indiscriminadamente. Além da polícia oficial (civil e militar) havia a polícia clandestina composta de policiais mascarados que matavam ainda mais do que a oficial. Havia também um terceiro grupo, o dos vigilantes, uma tradição cultural norte-americana herdada pelos brasileiros. Esse terceiro grupo, que deixava sua assinatura ("Mão Branca", "Justiceiro Negro", "Vigilantes da Paz"), era composto de marginais que matavam adolescentes para os comerciantes do subúrbio. Embora não tivéssemos a pena de morte na Constituição, matávamos mais gente que todos os países onde havia pena de morte, reunidos. Se o pobre não morria de fome fora da cadeia, certamente dentro dela não durava muito.

Não há dúvida. Está aqui no extinto jornal *Última Hora* de março de 1979. Os patifes que compunham o grupo de vigilantes conhecido como "Mão Branca" viviam telefonando para as redações de jornais, se queixando: "Ontem deixamos doze presuntos na Baixada e só apareceram dois". Ou seja, mais de trinta anos atrás, os cadáveres de supostos bandidos assassinados por supostos policiais e verdadeiros delinquentes já desapareciam sem deixar vestígios. A imprensa, porém, achava que os vigilantes queriam se exibir, declarando mais serviço do que realmente executavam.

Eu estava certo, apesar das opiniões contrárias de Oriovaldo Dutra, um publicitário, e de Jaguaribe, diretor de um jornal de presuntos: a *coisa* só foi reconhecida oficialmente por baixo do pano, em 2007, ou seja, três anos atrás, algumas semanas depois da morte do primeiro mártir neoliberal, o ministro Golfinho Neto.

Tenho certeza, pois fui testemunha ocular. O ministro do Planejamento estava voltando, com seus 200 quilos de banha, de uma de suas viagens aos Estados Unidos onde, além de interpretar "Strangers in the night" num cabaré do Soho, fora tentar arrancar dinheiro dos gringos para manter o nosso neoliberalismo o mais néo e o mais liberal possível.

E ele já era tão néo e tão liberal que qualquer criança nascida no Brasil já nascia devendo 500 dólares para americanos, suíços, alemães, japoneses, e assim por diante.

Por coincidência, eu voltava de uma viagem a São Paulo onde fora visitar alguns clientes, e tive oportunidade de testemunhar tudo. O ministro desceu do avião e foi imediatamente cercado pela imprensa. Resolvi ficar ali por perto para ouvi-lo catilenar seus jargões com o despudor que lhe era característico.

– Sua Majestade, o rei Dom Fernão II, o Boca Murcha, vem cumprindo sua promessa de manter o real estável. Vocês da imprensa têm de fazer sua parte: convencer o povo a boicotar produtos que podem nos reconduzir à famigerada inflação. Não basta boicotar a carne, os peixes, as aves, o café, o açúcar. É necessário boicotar também o feijão. Os chineses comem apenas arroz e não se queixam.

– Mas a China é um país comunista – disse um repórter.

– O comunismo tem seus aspectos positivos, e este do povo não comer feijão é um deles.

– Ministro, Dom Fernão 11, o Boca Murcha, foi eleito presidente duas vezes seguidas, por que quis ser rei?

– Estou cansado de repetir os motivos. Primeiro, como a TV Globo anunciara das vezes anteriores, três meses antes das eleições, ele já tinha a preferência de 95% do eleitorado. Não acredito que exista um só entre vocês que duvide da honestidade da Globo, não é mesmo? Pois bem, seria um absurdo gastar algumas centenas de milhões de dólares numa campanha política, cujo resultado já era por demais conhecido. Em boa hora, portanto, o Congresso votou pela monarquia, aliás uma tradição brasileira que nos destaca dos demais países da América Latina. E, além disso, convenhamos, um país cuja moeda se chama real só poderia ter um rei. Não fora assim, a moeda deveria se chamar republicano. Aliás, é pensamento do governo sugerir ao Banco Central a mudança do nome da moeda para Real Neoliberal, a fim de demonstrar claramente aos nossos detratores que somos uma monarquia democrática.

– Mas o rei Dom Fernão 11, o Boca Murcha, prometeu acabar com a pobreza. O que é que o senhor tem a dizer a respeito?

– Segundo os cálculos do IBGE, do Ibope, do Gallup e da Fundação Getúlio Vargas, divulgados pela Globo, a pobreza vem sendo morta gradativamente. Não na velocidade desejável, mas vem diminuindo.

O interessante, pensei eu, ali no meio dos repórteres, é que aquilo não deixava de ser verdade. Como Dom Fernão II já havia vendido duas terças partes do Brasil e todo o seu subsolo para manter o real estável (um dos orgulhos nacionais), a maioria da população estava desempregada. Três anos atrás, época em que aconteceram os fatos que estou narrando, havia cerca de 900 mil bancários desempregados. Esses desempregados, quando não morriam de fome juntamente com suas famílias, se marginalizavam e acabavam morrendo nas mãos de ladrões ou traficantes.

Não sei se os leitores recordarão a célebre Batalha de Classes de 1999, quando os proletários quase exterminaram a classe média que tomava seus empregos e os afugentava dos seus botequins. O que não deixa de ter certa lógica, uma vez que, ao entrarmos num táxi, éramos obrigados a ouvir teses de direito, sonetos de Shakespeare, projetos de engenharia. Isso para não falar de jornaleiros escritores, engraxates médicos, garçons com Ph.D. em filosofia, camelôs psicanalistas. Daí a rebelião dos verdadeiros motoristas de táxi, garçons, engraxates e jornaleiros. Durante a sangrenta batalha, a pobreza diminuiu muito no Brasil. Os demais brasileiros que ganhavam menos de 5 mil reais (hoje reais neoliberais) morriam de fome. De modo que o ministro do Planejamento tinha razão. O rei Dom Fernão II, o Boca Murcha, estava matando a pobreza, mas não com a velocidade desejável.

Golfinho dizia essas sandices, às quais eu me acostumara, desde o tempo da ditadura militar, enquanto gesticulava as mãos gordinhas de anão excepcional. Já me preparava para ir embora, quando o Homem Montanha atacou. O Homem Montanha era *cameraman*. Trabalhara em todas as estações de TV e devia o seu apelido ao fato de ser extremamente forte, alto e gordo e, a despeito disso tudo agilíssimo. Montanha, além de ser *cameraman*, era lutador de luta livre e campeão brasileiro de queda de braço. Bastaram seis meses de neoliberalismo e seis meses de salário atrasado na emissora para reduzi-lo a 50 quilos e justificar seu novo apelido: Homem Agulha. Parecia um Dom Quixote sem as certezas quixotescas. O Montanha olhava para o Golfinho, minutos antes do ataque fatal, com o mesmo olhar que eu já testemunhara em certos porno-shops de Copenhague, durante os anos sessenta. O olhar do turista afegão diante das revistinhas de sacanagem onde apareciam fotos de louras com caras de filhas de pastores protestantes, tocando dois pistons ao mesmo tempo. Aquele olhar de quem está tão perto e tão longe do paraíso. Aliás, muito conhecida nos países nórdicos, também, é a história do auxiliar de aiatolá persa que, depois de folhear a revista de sacanagem *Blue Clímax* durante meia hora, começou a comê-la (a revista) literalmente, enquanto se masturbava entoando versos satânicos. Mas isso é outra história, e a fome do Homem Agulha (ex-Montanha) era de carne mesmo.

Enquanto falava à imprensa, repórteres, fotógrafos, câmeras, locutores, todos muito magros contrastando com a gordura do político, ele movia muito os braços, balançando os dez quilos de gordura em cada um. Montanha, tão raquítico que mal conseguia segurar a câmera, já há algum tempo babava sem despregar os olhos dos braços do Golfinho. Para espanto geral, num determinado momento, largou a câmera, correu até o ministro e deu-lhe uma mordida no braço, arrancando um bife de quase um quilo. Antes que o ministro pudesse dizer "mamãe", outros profissionais, principalmente o pessoal da técnica, mais humilde e faminto, brigavam por um naco de carne do homem. O que mais me impressionou na ocasião foi uma garota esquelética de seus 22 anos, estagiária da sucursal da *Folha de S.Paulo*. Ela saiu correndo do local do holocausto. Na época, pensei que devia estar tão horrorizada quanto eu. Mas não, alguns minutos depois, ela voltava com prato, faca, garfo, sal e pimenta que fora apanhar no restaurante do aeroporto. Depois de cortar com destreza cerca de meio quilo de carne de uma das coxas do Golfinho, sentou-se numa escada e começou a comer civilizadamente. Os PMs, um pouco mais robustos que o pessoal da imprensa, tentaram interferir, mas foram vencidos pela fome e pelo cheiro de sangue. Acabaram participando do festim maldito que só terminou quando do ministro e de três dos seus *boys* só restavam os esqueletos.

Daí em diante, a *coisa*, eufemismo para canibalismo, embora não reconhecida oficialmente pelo governo, generalizou-se. Fernão II, o Boca Murcha, reuniu-se com seus ministros e chegou à conclusão de que aquele poderia significar um grande avanço para o neoliberalismo na América Latina. Poderiam provar finalmente que se pode passar de uma ditadura fascista militar para o neoliberalismo sem passar pelo liberalismo. Poderiam provar que uma sociedade pode ser liberal mesmo sem ser livre.

Um ministro objetou:

– Mas se deixarmos o canibalismo correr solto, os ricos, os poderosos, os que nos interessam enfim, também correm o risco de serem devorados.

Dom Fernão II, o Boca Murcha, fez aquele riso superior que acabou conhecido no mundo inteiro, e declarou:

– Precisamos analisar a *coisa* por seus aspectos positivos. Em primeiro lugar, temos 90% de miseráveis e pobres, 9% de burgueses remediados e apenas 1% da população, ou seja, nós, detém mais de 50% do capital circulante no país, fora o que há nos bancos suíços.

Seguiram-se sorrisos suínos e o rei continuou:

– Os pobres acabarão se devorando uns aos outros. Quanto a nós, aumentaremos os muros dos nossos guetos, reforçaremos a guarda e andaremos em carros blindados. Logo, logo, com o autoextermínio dos pobres e miseráveis, a morte de alguns burgueses e de alguns membros descuidados da classe dominante – mártires do neoliberalismo como Golfinho Neto – poderemos cumprir a promessa feita aos americanos. Acabaremos com a pobreza para nos transformarmos num país de 30 milhões de consumidores, próspero e feliz.

O ministro da Saúde, que tomava notas nervosamente, disse depois de um sorriso sinistro:

– E há males que vêm para bem. Há muitos pobres com Aids. Ao serem comidos, transmitirão o vírus com maior rapidez para um número maior de pessoas. Pelos meus cálculos, se fecharmos um olho para a *coisa*, poderemos diminuir o índice demográfico em 50% em menos de dez anos.

Todos concordaram. Sim, não há dúvida. As autoridades constituídas logo detectaram as vantagens políticas, econômicas e sociais da *nouvelle cuisine*. É claro que a violência não diminuiu, ao contrário. Mas agora tratava-se de uma violência com um propósito patriótico. Os jornais ignoraram a *coisa*, embora ela fosse evidentíssima. Mas isso já faziam há tantos anos com o salário mínimo, com a falta de uma reforma agrária, com a corrupção, que lhes pareceu natural ignorar outro fenômeno gritantemente óbvio.

Como Gibbon, autor de *The decline and fall of the roman empire*, pretendo me fixar nos fatos, deixando as conclusões para os leitores. Em primeiro lugar, o crescimento demográfico do Brasil diminuiu enormemente. Em menos de dois anos já atingia níveis comparáveis ao da Suécia. Em segundo lugar, nossos habitantes (os sobreviventes, é claro) se tornaram mais ágeis, mais lúcidos, mais vigilantes, pois a menor desatenção poderia ser a gota d'água, ou melhor, o caldeirão de água fervente. Em terceiro lugar, aumentaram enormemente as nossas exportações de gado bovino, equino, ovino, aves, peixes, batráquios e crustáceos em geral, pois o povo desinteressou-se por outro tipo de carne que não a humana. Além de ser mais gostosa, era grátis. Isso, é óbvio, afetou positivamente a nossa balança de pagamento, e o real, que periclitava e só se mantinha à custa de matemáticas artificiais, voltou a valer mais que o dólar, sem necessidade de aumentar o salário mínimo, fazer a reforma agrária ou elevar as aposentadorias. Em quarto lugar, entramos numa fase de progresso ecológico extraordinário, pois animais como jacarés, pacas, antas, tatus, passaram a ser poupados. Finalmente, nos transformamos num povo excepcionalmente dotado em termos artesanais: nossos xilofones de costelas, nossos abajures de crânios, nossas flautas de fêmur são disputadíssimos no mercado internacional.

Por outro lado, nossa imagem externa também melhorou muito *lato sensu*. Hoje, no ano de 2010, somos um povo de menos de 50 milhões de habitantes e as revistas internacionais passaram a estampar as imagens de uma nação feliz, bem nutrida, sorridente, com muitos dentes. E tudo isso foi conseguido sem que o canibalismo fosse reconhecido oficialmente. Aliás, o Boca Murcha fez passar no Congresso uma lei que pune com um ano de cadeia quem disser ou escrever palavras como canibalismo ou antropofagia, vocábulos, aliás, já extirpados do Aurélio e de qualquer outro dicionário ou enciclopédia em língua portuguesa. Da mesma forma como o golpe de 64 era chamado de *revolução* ou de *redentora*, o canibalismo ou a antropofagia, atualmente, é chamada de *a coisa*.

Eufemisticamente, continuamos chamando coxinha de criança de "coelho", braço de banqueiro (uma raridade, assim como o caviar) de "bucho", nádega de *miss* de "filé mignon", nádega de mulher de mais de quarenta anos de "contrafilé", carne de crioulo, o que há mais nos açougues – com exceção das nádegas de belas mulatas que são "filé mignon"– de "carne preta", simplesmente.

É claro que, eventualmente, a parcela mais rica da população (mínima) sofre algumas baixas. Os mais fracos, os velhos, os depauperados, aqueles que não conseguem carne humana e são obrigados a viver numa dieta de ratos, baratas, cachorros e gatos, às vezes se organizam e invadem um jardim de infância de crianças ricas e saudáveis, e se banqueteiam. Mas nesses casos, os vigilantes do governo os executam em praça pública imediatamente após os crimes, deixando os cadáveres expostos para que a patuleia possa se empanturrar. Carne magra, é verdade, mas melhor que carne de rato.

Minha mulher está baixando todas as grades das janelas do nosso apartamento e me chama para dormir. Continuo amanhã.

Terminei de tomar meu café da manhã, despachei os filhos para a escola num táxi blindado de um chofer de confiança, e agora volto à minha narrativa.

Como este é um documento para a posteridade, passo a lhes contar um dia comum na vida de um advogado classe média (eu) que ganha pouco mais de 5 mil reais por mês e pode se dar ao luxo de ser um consumidor. Antes, porém, quero deixar bem claro que as poucas vezes em que matei foi em legítima defesa. Comi para não ser comido. Eu e minha família fomos dos últimos a adotar o hábito de comer carne humana. Na medida do possível, tenho me limitado a comprar carne no açougue, apesar das falsificações e dos preços proibitivos. Embora consumidores, devo dizer que não temos condições de empregar uma doméstica. As pouquíssimas que não foram devoradas cobram o olho da cara. Claro que essa não é uma afirmação literal, é uma licença poética. Quero dizer que os salários das que sobraram é tão alto que só pode ser pago pelos muito ricos. Nós somos um dos poucos sobreviventes da classe média depois da sangrenta batalha com os proletários. Por enquanto, ainda não fomos obrigados a comer ratos, como faz a maioria da população sem força ou talento para a caça, ou dinheiro para comprar carne humana. De qualquer forma, os mais miseráveis acabaram se viciando em carne de rato e baratas, um fato que me deprime, embora deva concordar que os ratófagos vêm prestando um grande serviço à Saúde Pública. Como sou da opinião de que um documento para os pósteros deve ser absolutamente sincero, vou confessar uma coisa: carne humana vicia mais que cigarro ou álcool.

Antes de sair para o escritório, minha mulher me pediu para dar um pulo no açougue e comprar um quilo de "contrafilé". Botei duas granadas de mão no bolso do paletó, a Magnum na cintura, e o facão amarrei na perna direita. No bolso para o lenço, há sempre uma navalha. Já no elevador, me aborreci. A vizinha do 401, que descia com seus filhos de 7 e 9 anos, abraçou-se aos rebentos num canto e ficou me olhando apavorada. Ora, sou um homem civilizado. Jamais atacaria dois inocentes. Na frente do meu prédio, três pivetes armados de machetes assaltavam o diretor de uma agência de publicidade que recém havia descido do seu carro à prova de balas. Ia deixá-los comer o Caramuru – este o nome dele – quando lembrei que me devia uma grana. A princípio tentei fazer com que os meninos compreendessem que, devido à condição social deles, deveriam se contentar com carne de rato. Como não quisessem me ouvir, rebentei a cabeça do maiorzinho contra uma bomba de gasolina enquanto os outros dois escapavam. Caramuru agradeceu muito.

– Não precisa agradecer, basta pagar o que me deve.

Na hora, ele preencheu o cheque.

– Não sei como você ousa andar na rua sozinho. Eu vou esperar meus guarda-costas dentro do carro blindado.

– É melhor – respondi.

O corpo do menino negro continuava diante da bomba de gasolina. Ninguém ousou tocá-lo, pois sou um homem de mais de um metro e noventa e muito forte. Pensei em levá-lo para casa, mas hoje é o dia da semana que a Das Dores, a cozinheira, passa para preparar as refeições. Ela é preta, religiosa e pode não gostar de cozinhar um irmão de cor. De modo que dei o crioulinho para o porteiro do prédio, que é nordestino, e que quase me beijou de tão agradecido.

– Obrigado, doutor, vou convidar o Zé Ribamar, a esposa e os filhos para jantarem comigo. Se tivesse *freezer*, cortava em pedaços e comeria aos poucos, como não tenho, vamos acabar com ele de uma vez.

Passei pelo açougue, mas, como já esperava, quiseram me vender carne de segunda (velhinho aposentado) por carne de primeira (crianças até 12 e mulheres até 30 anos). Tomei um táxi blindado e mandei seguir para a Barra onde tenho um escritório. Em frente à Rocinha, quatro marmanjões malnutridos atacavam uma bela mulata que não devia ter mais de 18 anos. A esses quatro, juntaram-se mais uns quinze favelados, todos com água na boca. Fui obrigado a usar uma das granadas. Morreram doze favelados e um policial. Esfaqueei os que tentaram me impedir de chegar até a menina. Infelizmente, ela também morrera na explosão. Examinei-a e confesso que, poucas vezes na minha vida, vira um filé mignon como aquele. Desisti de ir ao escritório. Botei a morena sobre um ombro, subi no táxi novamente e rumei para casa. Dei um dos braços da moça para o chofer, que não quis me cobrar a corrida. Mas paguei assim mesmo, porque tenho o coração mole e não tiro vantagem de ninguém, apesar de ser advogado.

Quando cheguei em casa, disse orgulhoso à minha mulher:

– Comprei a peça inteira, fresquinha, no açougue.

Se ela suspeitou da mentira, não deu a perceber.

– Mas você é louco! Essa carne deve ter custado uma fortuna.

– É verdade, mas é carne para quase um mês.

As crianças adoraram, e o que é que um pai não faz para ver seus filhos felizes?

A MENINA

Mas qualquer um que fizer tropeçar
um desses pequeninos, melhor seria
se lhe pendurassem uma grande pedra
de moinho ao pescoço, e fosse afogado
nas profundezas do mar.

Mateus, 18,16.

Lisa tinha seis anos. Sua alma, seu coraçãozinho talvez soubessem. Ela, porém, ainda desconhecia que não fora uma filha querida. Sua mãe, Eduarda, uma loura bonita, tinha até mais conhecimentos que as moças da sua época, pois além de tocar piano, compor músicas, fazer versos, falava inglês e francês. Casara aos 23 anos com um rapaz um pouco mais velho, Roberval, filho de uma dessas famílias baianas, ricas e tradicionais que, quando mudam para o Rio de Janeiro, trazem junto as mucamas.

Tanto o pai de Eduarda quanto o de Roberval tinham muitos filhos; eram patriarcas que tratavam as respectivas famílias com mão firme e cujas esposas não passavam de governantas eventualmente utilizadas na cama. Ambas as famílias frequentavam o Jockey, o Fluminense e o Iate. Foi num desses clubes que Eduarda e Roberval se conheceram em 1942. Ela era bela, prendada e virgem, como se esperava numa época em que a pílula anticoncepcional ainda não fora adicionada ao menu da burguesia. Ele também fazia o que dele se esperava, ou seja, nada. Era um *playboy* rico e ignorante que havia abandonado a universidade e vivia em bordéis e boates; um homem de direita como o seu pai, e que no futuro viria a ser uma autoridade menor da ditadura militar que assolaria o Brasil.

O pai de Eduarda era um alto funcionário público da administração Getúlio Vargas, e o de Roberval, um homem de negócios bem-sucedido que mexia com importação e exportação. De Eduarda se esperava que seguisse os passos da mãe, e de Roberval, os do pai. Tanto o pai dela quanto o dele faziam gosto, pois o casamento dos filhos lhes era conveniente.

Amor? Digamos que ela o atraía, pois era bonita e bem feita de corpo. Mas o que um rapaz de 28 anos, com dinheiro no bolso, acostumado com artistas argentinas e prostitutas polonesas, uma amante fixa – moda da época – e *garçonière*, poderia achar de interessante numa virgem inexperiente? Ela, por sua vez, já despachara vários pretendentes, mas como o príncipe encantado com o qual sonhara não aparecia, deixou-se cortejar pelo rapaz baiano. Se não era bonito – um nariz excepcionalmente grande e tão peludo que só não tinha cabelos nas unhas – era másculo e divertido. Casaram-se com pompa e circunstância na Igreja Nossa Senhora do Bonsucesso, e foram passar a lua de mel em Punta del Este.

Para Eduarda, a primeira experiência sexual foi dolorida, triste, e nada excitante. Para Roberval, acostumado à *expertise* das profissionais, uma obrigação a ser cumprida. Dessa falta de amor, dessa egoística manipulação a dois, resultaria Lisa, nove meses mais tarde. Menos de uma semana depois, Eduarda encontrou o marido conversando com uma mulher num dos jardins do hotel. Tratava-se da amante do *playboy*, que seguira o casal e se hospedara no mesmo hotel. Na mesma noite em que Lisa foi concebida, com a desculpa de ir ao cassino, Roberval meteu-se na cama da amante onde ficou quase até o amanhecer. Dividiria as próximas duas semanas entre as duas camas.

Eduarda só viria a saber disso mais de um ano depois, quando Lisa já tinha alguns meses. Por puro acaso, se é que isso existe, vira o marido sair com a amante do edifício onde ela morava. Não de todo estúpida, ao contrário, acabou descobrindo pelo porteiro: dona Consuelo, argentina, ex-cantora, vivia há mais de quatro anos às expensas do doutor Roberval, que a visitava quase todos os dias.

Apesar das objeções de ambas as famílias, Eduarda tomou a única atitude corajosa e independente da sua vida: desquitou-se do marido e foi morar com a filha num apartamento em Copacabana. Arranjou um emprego de secretária e um auxílio mensal do pai, pois do ex-marido nada queria.

Quase trinta anos mais tarde, Lisa, de lindos, tristes olhos castanhos (como a mãe, casaria com um jovem que tinha uma amante à época do casamento; como a mãe, teria uma filha; e como a mãe, se desquitaria em seguida) diria a um namorado:

– Não tenho inclinação nem jeito para ser feliz.

Nem para si mesma, Eduarda dizia que não gostava da filha. A verdade, porém, é que embora Lisa fosse uma menina de feições agradáveis e muito parecida com ela, fazia com que se lembrasse do ex-marido. A capacidade do cérebro humano de engendrar absurdos é tão grande que Eduarda tinha pesadelos nos quais Lisa não era sua filha, mas sim da argentina. Esses pesadelos se deviam ao fato do ex-marido, num momento de irritação, ter-lhe contado que, na primeira noite da lua de mel, após ter-lhe tirado a virgindade e ter-lhe dado uma gravidez, fora para a cama da amante. Para Eduarda, Roberval pensara na argentina enquanto fazia sexo com ela, daí os pesadelos que lhe diziam que Lisa não era sua filha e sim filha da amante do ex-marido. Sentia-se culpada por não amar a filha e, inconscientemente, julgava a menina triste, responsável por seu desamor. Logo, com auxílio da família, arranjou uma babá para a garotinha: uma mulher humilde, solteirona, parda, de poucas palavras, mas que a amaria até morrer e seria sua verdadeira mãe. Mas Lisa queria o amor da mãe, tão perto e tão distante, e queria ainda mais o amor do pai, que a via uma vez por semana; do pai que lhe trazia brinquedos, passeava com ela durante algumas horas e se despedia com um beijinho. Para ele, irresponsável e mimado, tratava-se de uma obrigação a cumprir, algo como ir ao dentista ou ajudar o pai nos negócios, eventualmente. Para ela, ele era toda a felicidade do mundo.

Pouco antes de Lisa completar seis anos, um senhor começou a frequentar a sua casa. Para a menina, tratava-se de um velho careca mas que não tinha 40 anos, parecia suar o tempo todo e tinha um cheiro agridoce de água-de-colônia. Não conseguia entender como a mãe, que a beijava tão pouco, podia beijá-lo, e mais: por que a obrigava a beijá-lo também. No meio da noite, quando acordava em seu quarto e descobria que a mãe não estava em casa, pensava que fugira com o homem e que nunca mais a veria. Corria para a cama da babá, que a consolava explicando que a mãe fora ao cinema com o homem. Dormia pensando no pai que viria no domingo com um sorriso nos lábios e um presente nas mãos.

Quando o homem passou a dormir na casa que considerava sua e da mãe, a situação piorou muito. Lisa ouvia gemidos vindos do quarto de Eduarda e pensava que o homem a estivesse matando. Aos prantos, batia na porta do quarto e exigia que a mãe a mantivesse aberta. Numa das muitas noites em que bateu no quarto de Eduarda, ela apareceu gigantesca no umbral da porta e lhe deu um violento tapa no rosto. Chorou durante quase uma hora abraçada à babá.

Uma semana depois mudaram-se para a casa do homem. Uma casa maior na Lagoa, com um quarto enorme só para Lisa, cheio de brinquedos, paredes decoradas com personagens de contos de fadas. Lisa poderia ter amado aquele homem, mas após uma semana Eduarda preparou uma valise com suas roupas, alguns brinquedos e a levou até o internato do Colégio Notre Dame de Sion, para meninas ricas, em Petrópolis.

Durante a viagem de carro, enquanto lágrimas corriam silenciosas pelo rosto da filha, Eduarda lhe explicou:

– Filhinha, a mamãe trabalha o dia inteiro. Você fica o dia inteiro com a babá. No internato, vai brincar com crianças da sua idade. Vai se divertir tanto que nem sentirá falta da mamãe.

"Quando eu contar para o papai, ele vem me salvar", pensava Lisa enquanto Eduarda continuava:

– Além disso, cada fim de semana, ou a mamãe ou o papai vem te buscar para passar o sábado e o domingo com a gente.

– Vocês vão morar juntos de novo? – perguntou Lisa com uma ponta de esperança.

– Não, bobinha. Um fim de semana você vai passar na casa da mamãe, naquele quarto maravilhoso, e no outro, na casa do seu pai que você gosta tanto. Vai poder brincar com seus primos e primas.

Os primos e as primas! Isso era outra coisa que Lisa ainda não conseguia entender. Havia os primos que se reuniam na casa do vovô, pai do papai, todos os domingos. E havia os primos que se reuniam na casa do vovô, pai da mamãe. Mas uns não conheciam os outros. Lisa não compreendia por quê, uma vez que eram todos seus primos. Preferia os primos que se reuniam na casa do vovô, pai do papai, na Praça Eugênio Jardim, porque... Por que mesmo? Ah, porque mamãe vivia abraçando, beijando e fazendo carinho nas suas primas. Isso lhe dava uma dor diferente. Não dessas que sentia quando caía, tinha dor de dentes ou levava um tapa. Era uma dor que não doía, mas fazia chorar. Quando via Eduarda com uma priminha no colo, corria para ela, bracinhos abertos, mas era logo despachada. Definitivamente, preferia os primos que conheciam o pai. Quando passava o fim de semana na casa do avô, seu pai conversava com os adultos, e se não lhe dava muita atenção, também não dava atenção a criança alguma.

Mas Lisa não gostara do internato. Além de ter chegado no meio do período, quando as crianças já haviam formado turmas, criado laços de amizade, trocado segredos, era um pouco alta para a sua idade. Isso fazia com que parecesse ter sete, oito anos. Amedrontava as meninas da sua idade e era ridicularizada pelas do seu tamanho. Poucas garotas naquele internato haviam sentido na pele, como ela, a máxima de La Fontaine, de que criança não conhece compaixão.

No internato para filhas de pais ricos, havia meninas altivas, desdenhosas, iradas, invejosas, curiosas, interessadas, preguiçosas, intemperantes, mentirosas, dissimuladas; as que choravam com facilidade, as que tinham alegrias sem limites, as que se afligiam por aparentemente nada, as que não queriam sofrer e as que faziam sofrer. Muitas já traziam dentro de si a angústia e o rancor que transmitiriam ao mundo. Lisa, não. Ainda não. Lisa chorava no escuro, baixinho, com medo de ser repreendida pelas freiras, e sonhava com os fins de semana em que o pai vinha buscá-la. Por que a haviam abandonado? Por que não espantavam os monstros horríveis que a visitavam todas as noites?

Desajeitada, tímida e ansiando por um gesto de ternura, o dia mais feliz dos que viveu no internato foi quando a colocaram no elenco do balé da Festa da Primavera. Sua mãe esquecera de incluir calcinhas brancas no seu enxoval. A fantasia de libélula exigia calcinhas brancas. Eduarda recebera a lista dos itens para a fantasia, mas no último fim de semana esquecera-se outra vez das calcinhas.

O espetáculo seria numa sexta-feira e Lisa esperara a chegada da mãe até alguns minutos antes de entrar em cena. Como Eduarda não aparecera, uma das freiras arranjou-lhe, à última hora, calcinhas brancas de uma menina um pouco maior, de modo que o elástico não prendia bem em volta da sua cintura. Mas Lisa estava muito feliz – sua mãe deveria estar escondida em algum lugar da plateia – para se preocupar com isso. Quando, finalmente, dançava contente na ponta dos pés com as outras libélulas, suas calcinhas caíram. Na pressa de levantá-las, acabou tropeçando e se viu no chão. As outras meninas continuaram dançando. Segurando as calcinhas com as mãos e tentando acompanhar as outras, provocou o riso da plateia. Fosse menos triste, fosse mais amada, fosse a filha querida que ansiava ser, não teria se importado com as gargalhadas. Afinal, nós adultos sabemos, não riam dela, mas da cômica situação que dera alguma graça à chatíssima apresentação. Mas Lisinha, segurando as calças com a mão esquerda e enxugando as lágrimas com a direita, tinha certeza de que o mundo inteiro ria dela. Quando a chefe das libélulas, uma menina de dez anos, lhe disse que arruinara o espetáculo, saiu correndo dos bastidores e foi para a sua cama, onde gritou durante mais de meia hora entre soluços insuportavelmente doloridos:

– Papai! Papai! Papai!

Se os adultos soubessem que uma bola furada, uma boneca quebrada ou um beijo não dado produzem tanto estrago no coração de uma criança quanto um negócio perdido, uma demissão, uma dívida não saldada, teriam maior cuidado antes de mutilar tão gravemente a alma do homem ou da mulher em que a criança se transformará. Mas os adultos esquecem, embora a criança dentro deles não esqueça. No sábado, quando Eduarda apareceu para apanhar a filha, sua presença curou as lágrimas externas. As internas, porém, continuaram jorrando. Na semana seguinte, seria a vez do pai apanhá-la em seu belo carro vermelho esporte, em verdade um Jaguar. Mas ultimamente, seu pai aparecia sempre atrasado e sempre com uma mulher diferente. Elas tentavam agradá-la, mas na viagem para o Rio, tanto elas como o pai se esqueciam dela, que era deixada na casa do avô com os primos.

Como tantos jovens ricos e irresponsáveis que tanto mal fizeram aos pobres – crianças, homens, mulheres e velhos – deste nosso país, Roberval não tinha noção do que fazia. Aos domingos, quando voltava sozinho com a filha para o internato – cujo pagamento, combinara com a ex-mulher, seria sua responsabilidade – tentava diverti-la. Paravam em bares, ocasião em que ele lhe contava histórias e fazia mil promessas: um dia partiriam os dois para uma viagem pelo mundo; conheceriam Ali Babá e os Quarenta Ladrões, Robinson Crusoé e até o Patinho Feio. Ele esquecia. Ela não. Lera e relera a história do Patinho Feio escrita quase duzentos anos antes pelo patinho feio Hans Christian Andersen. A página ilustrada do livro em que o patinho se destaca dos demais e se transforma num lindo cisne branco estava tão lambuzada que quase não se conseguia ler a legenda. Um dia uma freira lhe tirara o livro das mãos e perguntara:

– Lisa, por que você gosta tanto do Patinho Feio?

– Porque o patinho sou eu, mas ele não é feio. Ele depois vira um cisne.

A freira, comovida, a abraçou e lhe disse:

– Você não é um patinho feio. Você é uma menina bonita e muito querida.

– Sou mesmo, irmã?

– É.

– Então, por favor, diz isso para a mamãe e o papai. A freira prometeu dizer, mas era uma jovem que não sabia o que queria, e se esqueceu.

Hoje em dia não mais existe o internato do Colégio Notre Dame de Sion, mas até alguns anos atrás, quem o visitasse, veria num dos corredores a foto das meninas do primeiro ano primário do ano de 1951. Estavam todas enfileiradas; fotos tiradas com antecedência, duas semanas antes do último dia do ano letivo, dia em que as meninas se preparavam para receber os pais (geralmente, ou o pai ou a mãe, pois as crianças internas, em sua maioria, eram filhos de pais separados) e voltar para casa até o fim das férias. Lisa está na primeira fila, no meio de outras trinta meninas. Seria necessário o talento de um escritor maior para descrever a humanidade temerosa da própria beleza. Uma das freiras penteou seus cabelos cor de cobre: duas trancinhas e no meio da cabeça o que na época se chamava de chuca-chuca. Está com as mãos para trás e uma gola de tule lhe envolve o pescoço. O vestido é de algodão, e a cintura, um pouco acima do umbigo. O estampado é de trevos de quatro folhas, todos que precisaria na vida e que não seriam suficientes. Nas tranças, dois laços de fita. Mas é o rosto dessa menina que precisa de um grande poeta para transmitir-lhe o momento. Seus enormes olhos castanhos olham para a câmera com um certo temor que, de um modo muito curioso, não chega a contrastar com o sorriso tímido que parece pedir socorro.

Pronto, finalmente, o fotógrafo ficou satisfeito. As crianças se dispersam, correm, brincam, gritam e riem. Lisa senta-se na escada da entrada sobre cujo portão uma Nossa Senhora quase tão bela quanto sua mãe abençoa quem entra. Ao lado dela está a sua malinha com roupas e alguns brinquedos. Ela mesma fizera questão de arrumá-la, como sua mãe lhe ensinara. Pensara muito antes de botar a boneca na mala. Acabou decidindo que deveria ter os bracinhos livres para abraçar o pai assim que ele saísse do seu carro reluzente que, tinha certeza, as outras meninas invejavam.

Lisa está sentadinha na escada desde as nove horas da manhã. Já é meio-dia e seus olhos seguram as lágrimas. Não mais de vinte meninas continuam esperando pelos pais. Lisa quer fazer xixi, mas tem medo que o pai chegue e, não a vendo, vá embora sem ela. Uma freira se aproxima, e ela, sem deixar a escada, lhe faz um sinal.

– O que é, filhinha?

– Irmã, vou correndo fazer xixi e já volto. Será que a senhora pode ficar aqui e dizer ao meu papai, se ele aparecer enquanto eu não estiver, para ele me esperar?

– Mas não é preciso, amorzinho. Seu papai vai chegar logo.

– Eu sei, mas a senhora fica aqui para dizer a ele que eu já venho? – perguntou a menina, de pé, uma perna espremida contra a outra.

– Fico, meu bem. Vá correndo.

Mas quando Lisa voltou, seu pai ainda não havia chegado.

São duas horas da tarde e em todo o imenso internato, em cujo jardim as árvores filtram os raios de um sol melancólico, não há mais ninguém, além de uma menininha de seis anos, muito composta, sorriso triste nos lábios e lágrimas nos olhos, esperando pelo pai. O ruído das cigarras, a malinha em pé na escada, e Nossa Senhora, mãe de Deus, encimando o portão. Oh, Lisa, Lisa, o que fazem com teu coração!

As freiras já ligaram para a casa da mãe, mas o telefone está em constante comunicação. Na casa do pai, ninguém atende. Pouco antes das três horas, Lisa pega a sua malinha e se dirige ao bosque nos fundos do internato. Caminha com passinhos decididos como se soubesse onde ir. A cada passo que dá, vai soletrando em voz alta: "Pa – pai – vai – me – sal – var! Pa – pai – vai – me – sal – var!" Sem parar de andar, às vezes, muda a frase: "Pa – pai – vem – me – bus – car! Pa – pai – vem – me – bus – car!"

Perto de um riacho, descansa sob uma enorme figueira. Por alguns minutos mantém os olhos fechados. Depois, como se houvesse tomado uma decisão irrevogável, abre a malinha e dela tira a boneca que abraça como se fora sua filha; se levanta e vai até o riacho em cujas margens crescem centenas de flores, dessas que são tão frágeis que basta um sopro para fazer com que os pequenos fiapos brancos, quase transparentes à luz de um pálido sol, se espalhem pelo ar. A pequena Lisa começa a bater nas flores com a boneca que segura pelos pés. Entre lágrimas, vai dizendo: "Papai vem me buscar! Papai vem me buscar!" Uma chuva fina cai de repente e a menina não se dá conta, tão envolvida está em matar as flores. Tropeça numa pedra escondida pela vegetação e se deixa ficar deitada no terreno úmido enquanto as gotas de chuva se misturam com suas lágrimas. Nesse momento, alguém toca em seu ombro. Ela levanta o rosto sujo de terra, olha para cima e sorri:

– Papai!

Alguns minutos depois de Lisa ir para o bosque, as freiras conseguem entrar em contato com Eduarda.

– Este homem é um irresponsável. Era a semana de ele ficar com a Lisa.

– Ela está esperando desde as nove horas da manhã, dona Eduarda.

– Talvez ela pudesse dormir aí. Eu programei este fim de semana de um modo completamente diverso. – E depois de uma pausa. – Será que a senhora poderia chamar a Lisa para eu falar com ela?

– É claro que ela pode passar o fim de semana aqui. Temos meninas de outros estados que ficarão conosco. A maioria, porém, tem mais de dez anos e sabe que os pais não virão. Lisa, a senhora sabe, tem pouco mais de seis anos e está pronta desde as nove horas da manhã.

– Compreendo – diz Eduarda. – Já estou indo.

– Ela vai ficar muito feliz!

Já eram quase cinco horas quando as freiras deram pela falta de Lisa. Depois de uma busca por todo o internato, chegaram à conclusão de que o pai a havia levado e não as informara. Telefonaram para Eduarda, mas ninguém atendeu. Certamente estava a caminho. Chegou pouco antes das seis. Ao ser informada de que Roberval levara a filha, quase teve uma crise nervosa:

– Irmã Catarina, nós pagamos uma fortuna para manter Lisa aqui, mas o mínimo que esperamos é que vocês não confundam as coisas. Todo o meu fim de semana está perdido porque vocês me informaram que o pai da menina não havia aparecido. Agora, ele certamente está a caminho do Rio com ela, e eu aqui, feito uma boba.

As freiras tentam acalmá-la, a convidam para jantar com elas.

– Deus me livre! – Faz uma pausa. – Desculpa, irmã, mas estou voltando ao Rio. Talvez consiga contornar algumas situações.

Neste momento, uma noviça aparece correndo para informar:

– O pai de Lisa está ao telefone.

– Ele vai ouvir poucas e boas – diz Eduarda.

* * *

Fora um sábado triste e o crepúsculo aumentava a tristeza. Debaixo da figueira, Lisa dizia ao pai:

– Gostei do Pão de Açúcar, gostei da praia, gostei do sorvete, gostei muito das corridas de cavalos, mas sabe o que eu queria?

– ...

– Queria que o senhor não viesse mais com as suas namoradas. Promete?

– ...

– Por favor, não se atrase mais. Nunca mais. Agora me põe na garupa, que eu estou cansada.

– Roberval, se comporte como adulto uma vez na vida!

– Ah, Eduarda, você está aí? Que bom! Desculpa, meu bem, mas tomei um porre ontem, só acordei há pouco e estou com uma ressaca dessas que... Bem, deixa pra lá! Você não ia entender mesmo. Fica numa boa com a Lisa esse fim de semana que eu cubro o outro.

– O quê? Ela não está contigo?

Às sete horas a polícia estava no internato. Antes mesmo de começar as buscas, interrogaram Carlão, o jardineiro, viúvo, pai de um hidrocefálico de 30 anos, idade mental de cinco. Gaspar, o retardado, nascera praticamente no internado e fazia pequenos serviços para as freiras, além de ajudar o pai no jardim.

– Mas eu já lhe disse, doutor. O Gaspar chegou em casa agorinha mesmo e está dormindo. Ele é grande e forte, mas incapaz de matar uma formiga. As freiras sabem. Não tem menina que não adore ele.

Quem pode descrever a culpa de Eduarda? Quem pode descrever o inferno venenoso e malvado que se instalara em sua alma ignorante? Ela sabia que, em algum lugar perto dali, sua filha estava morta. Lá fora, a chuva fina e enganosa de algumas horas atrás se convertera em tempestade. Eduarda correu até a entrada do internato e se ajoelhou diante da imagem de Nossa Senhora de Sion. Não conseguia dizer grande coisa:

– Ajuda! Ajuda! Ajuda, mãe de Deus, ajuda! Me ajuda, mãe divina, mãe querida, mãe adorada! Me ajuda!

Os policiais haviam convertido o saguão do internato numa delegacia. Gaspar, um homem de 30 anos e um menino sonolento de cinco, está sendo interrogado. Suas mãos estão algemadas, e enquanto um homem lhe dá tapas no rosto, o outro pergunta:

– Onde está o corpo da menina, seu tarado, filhoda-puta?

Do lado de fora do internato, na falta de outra coisa para fazer, um soldado da Polícia Militar passeia o facho de luz da lanterna pela entrada do bosque. Por entre as árvores, Lisa caminha empertigada e séria, passos decididos, com sua malinha na mão, em direção ao internato. Está suja de terra, molhada, cansada, mas sorri.

Eduarda corre até a filha e a abraça como se não existisse outro ser humano na terra. Não quer pensar sobre isso, mas, rosto colado ao de Lisa, vê a culpa escorrendo, escapando, fugindo, indo embora, maldita, com a água da chuva. "Obrigada, Nossa Senhora! Obrigada."

– Mamãe – diz Lisa, muito séria. – Passei a tarde inteira com o papai. Fomos ao Pão de Açúcar, às corridas!

– Eu sei, filhinha! Eu sei!

No Rio de Janeiro, a menina foi examinada por um ginecologista. Como nada constataram, o pai a levou de volta ao internato.

– Papai, não quero mais ficar no internato.

– Só porque o papai se atrasou um pouco? Bobagem, filhinha. No internato você tem suas amiguinhas...

– Papai – interrompeu Lisa, muito compenetrada. – Não quero mais. Quero morar com o senhor.

Roberval, pusilânime e leviano como sempre, acreditando nas próprias palavras, respondeu:

– Está bem, meu amor. Você vai morar comigo.

– Só tem uma coisa.

– O que é, bonequinha?

– Não diz para a mamãe que eu pedi para morar com você.

Menos de duas semanas depois, no último dia de aulas, sábado, às nove da manhã, Lisa está sentadinha na escada, embaixo de Nossa Senhora. Espera o pai, mas quem vem buscá-la é a mãe.

No carro de Eduarda, na volta para o Rio, ela diz à filha:

– Você é uma ingrata, Lisa.

– Por que, mamãe?

– Porque quer morar com seu pai.

– Quem disse?

– Ele, é claro. Filhinha, esse homem é um mulherengo, uma pessoa em quem não se pode confiar. Por que você acha que não vivemos juntos? Logo depois que você lhe disse que queria morar com ele, a primeira coisa que fez foi telefonar para mim.

– O que foi que o papai te disse?

– Disse para eu tirar essa ideia maluca da sua cabeça, pois ele não tinha tempo para cuidar de você.

Seis anos de idade. Traída pelo pai e pela mãe. Lisa já era adulta. Já lhe tinham dado de presente a raiva, o rancor, o ódio e a capacidade de enganar.

– Eu não quero mais ficar no internato, mamãe, não quero!

– E não vai, minha filha. Você vai ficar com a mamãe para sempre.

– E o homem?

– Mandei ele embora. Agora somos só *eu* e *você*.

Pararam num restaurante para almoçar, onde Eduarda encontrou alguns amigos do Iate que a convidaram para a mesa deles.

– Lisinha, por que você não vai tomar um sorvete enquanto a mamãe conversa com os amigos dela?

Lisa foi, daquele seu jeitinho sério e decidido. Sabia que só podia confiar nela. Fora traída pelo pai e pela mãe ao mesmo tempo. Seu coraçãozinho se encheu de medo e o medo se transformou em rancor. Sim, agora ela estava preparada para o mundo. Preparada para duvidar. Preparada para fazer sofrer a quem quer que ousasse amá-la.

O ESCRITOR

Eu morava numa pensão da Ladeira Saint Roman, em Copacabana. Ficava ao lado de uma favela, a do Pavãozinho, ave comida há décadas pelos moradores. Quando o calor ultrapassava os quarenta graus, baratas e aranhas subiam até o meu quarto e se refrescavam perto do ventilador. Não me incomodavam e eu não as incomodava. Uma semana atrás, entretanto, três oficiais da justiça, acho que por ordem da Secretaria de Saúde, resolveram fechar a pensão da dona Irene, uma mulher gorda, invariavelmente com os cabelos oxigenados pela metade, e metade dos peitões para fora dum sutiã que deve ter conhecido os tempos de Noel Rosa. Cara de cafetina, mesmo. Mas não me enchia e nem eu enchia ela. De repente, me vi na rua, com meus dois ternos, três camisas, sete cuecas, sete meias, dois pares de sapatos (um marrom e outro preto), escova de dente, uma edição das obras completas de Shakespeare, algumas revistas de sacanagem e uma gravata da qual tento me livrar há vinte anos, mas que insiste em me acompanhar; castelo ou pensão, Niterói ou Paris.

Uma psicanalista, que eu como, ficou com pena de mim e me convidou para morar com ela num belo apartamento no Leblon. Trata da minha alma, mas principalmente do seu corpo. Nunca fui cafifa e não é do meu feitio me aproveitar de ninguém. Essa psicanalista tem a minha idade, mais ou menos, uns quarenta e poucos anos. É uma mulher bonita que normalmente eu arrastaria para a cama com prazer. Entretanto, com casa, comida, roupa lavada e mais algum para jogar nos cavalos, sinto que tenho um compromisso com ela; faz parecer que temos de fazer amor todas as noites, e esse troço é extremamente brochante.

– Aqui você vai poder escrever seus livros em paz.

Eu não preciso de paz para escrever meus livros. Preciso é de um lugar. Também não preciso que leiam os meus livros. Basta que os comprem.

Dez anos atrás escapei dos milicos e vivi fora do Brasil, mas ao contrário de muita gente boa, voltei com uma mão na frente e outra atrás. Os coleguinhas que ficaram se instalaram no estômago do sistema, em sua maioria; de modo que está sendo difícil achar um emprego e eu vivo de biscates. Estudei o programa durante a manhã inteira e, depois do almoço, disse à psicanalista que ia ao Jóquei ver se faturava algum. Só que, na porra do hipódromo, você precisa estar o tempo todo de ouvidos tampados porque sempre vem um ou outro sacana pra te derrubar. Você estudou o programa, escolheu o cavalo, viu que ele tinha chances, a raia está molhada, aquela coisa toda. Se você não tomar cuidado, um filhodaputa se aproxima e diz que tem informação de cocheira que o cavalo que você escolheu não vai correr porra nenhuma e que é melhor jogar no número tal. Você joga e se fode. Hoje, me esgueirando por aqui e por ali, para fugir da sanha dos derrubadores, tive algum lucro. Coisa pouca, o suficiente para encher os cornos. E essa hora do crepúsculo é malvada. Se não chega às seis, certamente às sete horas da noite o instalador de angústia já está batendo no meu peito.

– Quem é?

– O Instalador de Angústia.

– Não estou.

– Deixa de bobagens, rapaz. Já te vi. Vai abrindo a alma pra eu entrar.

E não adianta fingir que você não ouve. Ele entra de qualquer jeito e vai instalando angústias, depressões e culpas nas prateleiras da tua alma. Com falta de ar e uma dor desgranhenta dentro do peito, corri até o primeiro bar. Durante quinze minutos derrubei meio litro de vodca sem gelo mesmo. Só parei de beber quando já estava em estado de aberração. Maníaco-depressivo profissional que sou, sei que a primeira coisa a fazer é dar um porre no teu depressor e ficar em estado de aberração até a chegada do maníaco que, embora esporrento, é mais divertido. Pelo menos para mim, que sou ele.

Só depois de dar um porre no depressor é que olhei para os lados. Gente pra cacete no bar. Esse tempo todo devem ter tirado sarro da minha catarse estilo autista, ou seja, papo interior aos berros. O Instalador de Angústia deve ter feito um bom trabalho. Provavelmente, pregou a culpa na estante da minha psique, pois meio litro de vodca não ajudou. Estou triste pra caramba. Dessas tristezas conformadas que não tem solução sem dor ou vergonha. Verdade é que estou putíssimo com a minha incapacidade de modificar o meu comportamento para ajustar-me à situação a bem da harmonia social. Quero dizer: um dos meus egos, o meu superego provavelmente, está puto com a minha insistência em não transigir, não conciliar, não acomodar-me socialmente, enfim.

Um desses garotos ricos que, na falta de caráter ostentam grana, se aproxima do meu banco no bar e diz:

– Não sei como você pode beber essa vodca nacional vagabunda e ainda mais sem gelo. Se você não fizer nenhum escândalo, te pago um uísque.

– Bebo vodca nacional porque só tenho dinheiro para beber vodca nacional. Bebo sem gelo porque gosto dela morna. Quanto ao teu uísque, enfia ele no eu.

O cara se afastou, mas o meu id, se é que essa porra existe, ficou feliz. Coisa breve, pois já estou triste de novo. Mandar o garoto rico enfiar o uísque dele no cu, levando-se em conta que o pai dele é dono de uma emissora de televisão, não vai me ajudar a arranjar um emprego para que eu possa alugar um apartamento desses "já vi tudo" bem pequenininho, mas quando você está dentro dele, é o suficientemente grande para impedir que quem quer que seja te aporrinhe.

Eu sofro também de fobofobia, que é medo de sentir medo, e até hoje, meio litro de vodca morna sempre dava um jeito de mandar a fobia se fobar, se é que me entendem. De modo que estou aqui no balcão, com o copo contra a testa, achando tudo normal como qualquer pau-d'água profissional. Estou tentando imaginar se, quando a guilhotina cai sobre o pescoço de um infeliz, ela, além do pescoço, corta também o último pensamento do cara. Por exemplo, digamos que antes da lâmina atingir o pescoço, a ideia nasce na central energética do cérebro do condenado. Um troço mais ou menos assim: "Pensando bem, eu preferiria estar em Roma na cama..." Nesse momento a lâmina corta a cabeça do sujeito. O pensamento para aí em "... na cama", ou a cabeça já separada do corpo completa a frase... "com Cláudia e Francesca"?

Volta e meia, quando já não estou deprimido, e pouco antes de me tornar um maníaco, penso troços como esses da guilhotina, que na hora me parecem fundamentais para o destino da humanidade, nome da égua que perdeu por pescoço o quarto páreo da reunião de hoje. Não apostei nela. Há anos que deixei de apostar na humanidade. Dia seguinte, graças às incapacidades psicológicas, nem me lembro. As incapacidades psicológicas podem ser adquiridas em modernas embalagens verde-amarelas nas melhores farmácias e drogarias: drágeas ou injeções de 12 mg.

Já bebi dois terços do litro de vodca. A merda do restaurante está cheio, mas, no bar, há uma ilha à minha volta. E nem acordei o maníaco ainda. O *barman* que, em verdade, é um médico austríaco, autor da teoria do *geltungstreben* que vivo prometendo ler, me pergunta:

– Lembra o que o senhor disse hoje quando chegou aqui?

– Picas.

– Pois o senhor disse para não deixá-lo beber o litro de vodca inteiro porque ainda tinha de ir para casa escrever um artigo para uma revista de São Paulo.

– Piroca de cachorro! Não é que é verdade!

Estou sempre dividido em dois. O cara deprimido quer escrever, mas não consegue. O cara maníaco sabe escrever, mas não quer.

– Pois é verdade! – insiste o *barman*.

– Pode até ser verdade, não duvido. Mas agora que descabacei o litro, vou até o fim.

O *barman* olha para o restaurante cheio e diz baixinho:

– Se o senhor for embora agora mesmo, pode pendurar.

Essa é uma proposta que jamais recusei e não seria agora que começaria esse mau hábito. Fui até o banheiro sem cair, passei água na cara, fiz um quatro e voltei triunfante ao bar. Depois de botar o litro de vodca no bolso do paletó – pra que deixar o terço que falta acabar no estômago de um amador qualquer, não é mesmo? – despedi-me dos trabalhadores do Brasil que enchiam os cornos de uísque escocês e escafedi-me com uma saudação que me pareceu bastante graciosa.

Vim a pé até a casa da psicanalista, acompanhado de um cachorro São Bernardo que babou o tempo todo. O porteiro não reclamou quando entrei com o bicho. A psicanalista não estava em casa, de modo que fui direto até o quartinho que ela arranjou para mim, e o São Bernardo entrou comigo. Fechei a porta e ele se instalou na frente dela. Depois de beber o resto da vodca, levantei para pegar uma cervejinha na geladeira da cozinha. O puto do cachorro não arredou pé do lugar. Logo agora que me deu vontade de voltar ao bar para ouvir o *barman* Alfred Adler discorrer sobre as vantagens da luta por uma posição de superioridade dentro do contexto social.

Escrevo umas duas laudas e me dou conta de que não era sobre isso que eu deveria escrever, São Gogol! Isso é negócio de carregador de psicoses alcoólicas, e tem algumas que pesam mais que piano de cauda. Uma revista alternativa me encomendou uma análise da situação política nacional que a maioria deve ignorar, pois os pobres não se revoltam. Enchi o saco de esperar pela revolta deles. Melhor deixar o rei trabalhar sem meus palpites. Rasgo o que escrevi e começo um troço para outra revista. A ideia seria escrever sobre as feministas de São Paulo que adoram falar do sofrimento das domésticas sem aumentar-lhes o salário. Fora de brincadeira, nesse negócio de falta de humor as feministas de São Paulo ganham das suas colegas cariocas por vários corpos.

Acenderam a luz no apartamento em frente. Lá está ele, olhando de binóculos para cá. É um escocês chamado Robert Louis Stevenson que, segundo a psicanalista, se mudou aqui para a frente há umas duas semanas.

Ele abre a janela da sua sala e eu abro a janela do meu quartinho.

– *Hi, mr. Stevenson.*

– *Hi, mr. Poe. What's going on?*

– I'm trying to write an article without success.

– That's because you are writing about something that doesn't interest you.

– And what should I write about?

– Write about yourself.

– Which one of my selves?

– Start from the beginning. First the two ones, and then go on. I'm sure that you know something about the subject. By the way, how comes that I'm here talking to you in Rio de Janeiro, if I will be born one year after your death?

– That's something that I will have to find out.

– Wouldn't you like to come here and have a scotch?

– Sure, but there is a dog at my door.

– What kind of dog?

– A Saint Bernard.

– He doesn't want to move?

– No.

– Then, there is nothing to do. He probably thinks that you drank enough. Write about yourself and kill the monster.

Dito isso, ele apagou a luz da sua sala (provavelmente gosta de beber no escuro, escondido) e eu voltei à minha mesinha e resolvi escrever sobre mim mesmo.

Nasci em Boston em 1809 e pode ter havido criança mais infeliz do que eu, mas duvido. Alto, magro, cabeção enorme, órfão de pai e de mãe, criado por um tutor militarista, eu parecia sempre estar pedindo desculpas por existir. Apesar disso, era um sujeito gentil, afável e sensível. O problema é que não conseguia me comportar como um robô, pois sabia que não era um robô. Talvez por isso me expulsaram da Academia de West Point. Inseguro, pobre, ridicularizado por todo o mundo, comecei a tomar um porre atrás do outro, além de escrever poemas e contos de terror. Fui eu, modéstia à parte, quem escreveu a primeira história de detetive, *Os crimes da Rua Morgue*. Aliás, escrevi também a segunda história de detetives, *O mistério de Maria Roget*. Só teve um sujeito que realmente me entendeu: um poeta francês chamado Baudelaire, que traduziu meus troços. Ele escreveu num jornal: "A maior tortura de Poe é ter de trabalhar por dinheiro num mundo para o qual não estava preparado".

Sempre perseguido pela falta de grana, aos 24 anos me casei com minha prima Virginia Clemm, que tinha 13 anos. Meu Deus, como amei essa guria! Ela confiava em mim, mas como podia pedir que tivesse orgulho de um bêbado eternamente desempregado e cujas histórias os críticos ingleses e americanos insistiam em ignorar? Em 1839, eu já tinha dez livros publicados que me rendiam pouco mais que nada em direitos autorais, enquanto um cretino como James Finemore Cooper vivia como um milionário. Mas, em 1839, dei um golpe de sorte. Sem ter de me humilhar para ninguém, arranjei um emprego como editor do *Grabam's Magazine*, uma revista instalada num cubículo na Filadélfia. Ganhava 800 dólares por ano e consegui aumentar a circulação de 5 mil para 37 mil exemplares.

Quando tudo parecia ir bem, por volta de 1842, minha mulherzinha rompeu um vaso sanguíneo e, até o dia da sua morte, cinco anos depois, viveu como uma inválida, definhante e hemorrágica. Desmoronei. Voltei a beber, comecei a tomar ópio e, após quatro meses, fui despedido. Eu morava mal, dormia mal, me alimentava mal. Todo mundo mandava eu parar de beber, mas ninguém me arranjava um emprego.

Certa vez, Charles Dickens esteve em Nova York. Sofri demais até tomar uma decisão. Virginia, minha mulher, me disse: "Não precisa se humilhar. É só pedir". Pois eu, que nunca pedi nada a ninguém, pedi para um sujeito que eu admirava, que achava que me ajudaria. Pedi ao Dickens que usasse o seu prestígio junto aos editores ingleses para publicar o meu livro *Tales of the grotesque and arabesque*, em Londres. Respondeu-me alguns meses depois, dizendo que os editores não queriam nada comigo. Mas, puta que pariu, custava ele, famoso e rico, insistir um pouco? Explicar que eu estava quase na miséria total? É duro, quando você sabe que escreve bem. Mas os canalhas gostavam mesmo era do *Conde de Montecristo*.

Depois que Virginia morreu, em 1847, sabia que para mim, como no poema do corvo, era nunca mais. Nunca mais. Nunca mais. Foi um porre só. Algumas mulheres ricas tiveram pena de mim, mas creio que, por amor à minha sofrida liberdade, não casei com nenhuma. Para que mentir? Acho que elas também não estavam muito interessadas em casar comigo. Quando os deuses querem acabar contigo, te enlouquecem antes. Mas já não tinha orgulho. Eu, que jamais praticara um ato desonesto em minha vida – não por causa da maldita burguesia, mas por minha causa – fiz um troço que me encheu de auto-horror. Em 1849, em Baltimore, prometi votar várias vezes num mesmo candidato, caso me pagassem alguns drinques. Fui preso e, depois de algum tempo, largado pelado numa sarjeta. E tudo o que eu queria era que alguém tivesse piedade e me desse um tiro nos cornos. Morri dois dias depois, implorando a Deus para que cuidasse da minha pobre alma. Me enterraram perto do meu avô. Nem botaram meu nome no túmulo. Apenas o número 80. Quase 30 anos depois decidiram que eu escrevia direitinho, e os cidadãos de Boston fizeram uma vaquinha para me dar uma sepultura digna com a inscrição "The Raven Quote No More." Mas já era tarde, né?

* * *

Alguém está chegando. Deve ser a psicanalista. Ela bate na porta do quarto e o São Bernardo se afasta.

– Oi, meu bem!

– Oi!

– O que é que este cachorro está fazendo aqui?

– Me seguiu e não quis ir mais embora.

– Você se deu bem no Jóquei?

– Me dei.

– Vamos repetir a seção de hipnose?

– Vamos.

– Regressão?

– Regressão, mas na hora de eu morrer, você me acorda, está bem?

– Está. Mas o que a gente faz com o cachorro?

– Deixa ele aí. Acho que ele gosta do que eu escrevo.

– Muito bem. Deite, relaxe e feche os olhos.

– Mas antes, um beijo e um uisquinho.

A PUTA

Em 1975, eu morava em Copenhague e recebera a incumbência de adaptar para o cinema um texto clássico do teatro romântico dinamarquês. Posteriormente, na medida em que falava entusiasmado com os produtores sobre a paisagem brasileira – as saudades eram muitas – o projeto evoluiu: a fita se passaria na Bahia, seria falada em português e interpretada por atores brasileiros. Tratava-se da história de um estudante que volta de Coimbra para o Brasil no princípio do século XVII, com ideias subversivas, e acaba indo para a cadeia por afirmar que a terra é redonda. O filme seria financiado em 50% pelo Instituto Dinamarquês do Cinema e a outra metade por empresas particulares.

Embarcamos para o Brasil em dezembro, com mais de dez graus abaixo de zero. Além de mim, o diretor, um fotógrafo, um câmera, um engenheiro de som, a figurinista, o cenógrafo e, devido imposição das leis dinamarquesas, um ator local, em verdade um anão que faria o papel de um general do tempo do Brasil Colônia.

À última hora, apareceu no aeroporto um homem de seus quarenta e poucos anos vestido de turista. Perguntei ao diretor quem era. Resposta:

– É um dos diretores do banco que administra o capital privado investido no filme. Vai conosco para ver como gastamos o dinheiro.

Ao contrário da maioria dos nórdicos, Ulf – este o nome do diretor do banco – não era alto. Teria, se muito, um metro e sessenta e cinco. Pele muito branca, magro, leve barriga, calvo, com um bigodinho desses bem ridículos que ninguém sabe por que um ser humano é capaz de ostentar. Durante a viagem demonstrara que não iria ao Brasil a passeio. Só falou de números, contenção de despesas, hotéis baratos e exploração lucrativa da mão de obra local. Um chato, enfim. Quase teve um ataque de nervos ao saber que, por razões políticas, eu estava reentrando no Brasil com uma identidade falsa. Depois de torrarmos algumas horas no aeroporto do Galeão à espera da inspeção de bagagens e de gozarmos do perfume da Avenida Brasil, uma mistura de peixe podre com enxofre, atravessamos o túnel e chegamos à Zona Sul.

Escrever um conto e tentar descrever Copacabana, principalmente a Avenida Atlântica num glorioso dia de verão, não é coisa para meu bico; é coisa para escritor mais íntimo de Deus e dos mistérios do por quê ele decidiu concentrar tanta beleza num só lugar. Pois, quando chegamos, Copacabana estava num desses dias de princesinha do mar, eterno cantor. Nos hospedamos num hotelzinho de terceira da Rua Barata Ribeiro e fomos todos à praia.

As dinamarquesas são mulheres bonitas, extremamente dadivosas, mas um tanto frias até que conseguimos deitá-las numa cama. Também é verdade que quanto melhor alimentadas, mais belas as mulheres de qualquer país. No Brasil, desde o seu descobrimento e exploração, poucos comem bem e é difícil explicar Copacabana ao turista desavizado, ou melhor, é difícil explicar tanta beleza feminina numa única praia. Os dinamarqueses enlouqueceram. Voltaram para o hotel com os olhos cheios de coxas, seios e bundas. Menos Ulf, naturalmente, que ficara em seu quarto fazendo contas. Como quem chefiava a *troupe*, apesar do diretor do banco, era o diretor do filme, naquele mesmo dia decidimos que ficaríamos uma semana no Rio antes de embarcarmos para Porto Seguro, onde se realizariam as filmagens. Empertigado como sempre, Ulf, que tinha o hábito de ficar na ponta dos pés quando queria dizer alguma coisa que lhe parecia importante, protestou:

– Quero lhes informar que condeno veementemente esta atitude. Nossa permanência no Rio atrasará as filmagens e certamente teremos de cortar muitas despesas para não estourar o orçamento. Caso vocês persistam nessa falta de profissionalismo, serei obrigado a informar o banco.

Experimentem levar uma criança pobre a um circo e, antes do espetáculo começar, a informem de que ela terá de voltar para casa. Com exceção do diretor, os outros membros da equipe estavam vendo o circo de Copacabana pela primeira vez na vida. De modo que é fácil imaginar o pouquíssimo caso com que os artistas, boêmios, quase todos com menos de 40 anos, receberam as ameaças do executivo. E para tranquilizar os leitores, informo que o filme foi realizado dentro do tempo e do orçamento previstos, fez muito sucesso em Cannes, passou em toda a Europa e jamais no Brasil por razões tão absurdas quanto o próprio Brasil.

Vivíamos os Últimos anos em que, tratando-se de sexo, o mal maior era a gonorreia. De modo que, à noite, depois do jantar, com exceção de três pessoas, todos foram ao puteiro. As três eram Ulf, que ficou preparando seu relatório para o banco, o ator anão, que tinha problemas que só anões e gigantes têm, e a figurinista, que fora convidada para jantar por um dos atores brasileiros que trabalhariam no filme. Ela, aliás, quando voltamos de Porto Seguro, 45 dias depois, recebeu a notícia de que vencera o Oscar daquele ano pelos figurinos que desenhara para o filme inglês *Barry Lindon*, mas essa é outra história.

O puteiro mais famoso do Brasil em todo o mundo era o Bolero, no Posto 3 da Avenida Atlântica. Em verdade, era uma casa que apresentava os shows mais *kitches* da História da Humanidade. Duas escadas laterais de corrimãos de latão conduziam ao primeiro andar, onde, entre um show e outro, os casais dançavam. Era frequentado por marinheiros dos sete mares, turistas em geral e cariocas noivos. E entre eles, eu, quando tinha meus 19, 20 anos, na década de cinquenta. Sei que os leitores mais jovens não acreditarão, mas havia virgens e noivos naquela época. Os noivos, depois de namorarem as noivas até 11 horas, se dirigiam, testículos doloridos, para o Bolero. Pois naquela noite, no Bolero, os dinamarqueses enlouqueceram pela segunda vez em menos de 24 horas.

Nos dias que se seguiram, a rotina deles ficou sendo a seguinte: trabalhavam durante o dia, tratando dos detalhes técnicos do filme e da escolha do elenco. Dormiam entre às seis da tarde e a meia-noite, quando iam para o puteiro, de onde saíam com alguma "bailarina", como elas gostavam de ser chamadas, para uma espécie de motel da Rua Francisco Otaviano, no Posto 6, ao lado do Forte Copacabana. No dia seguinte recomeçavam.

Ulf, quando não estava discutindo gastos com o diretor, passeava por Copacabana: camisa florida, bermudas, meias até os joelhos e botinões de alpinista. Comprava bugigangas para os parentes. Deitava cedo e acordava cedo para ter mais tempo para reclamar. Da equipe, o único que tinha paciência com ele era o anão. Não porque simpatizasse particularmente com Ulf, pois isso era impossível, mas porque era tímido, razão pela qual ainda não se decidira a acompanhar a turma ao puteiro. Na terceira noite, porém, conseguira convencer Ulf a ficar acordado até mais tarde e jogar pôquer de dados com ele no bar do hotel. Provavelmente, por ser o único mais baixo do que ele, o diretor do banco sentia-se à vontade ao lado do anão, e àquela noite bebera algumas cervejas a mais. Tantas a mais que não foi com dificuldade que o anão o convenceu a acompanhá-lo ao Bolero. Afinal de contas, eram menos de três quadras do hotel ao cabaré. Nenhum dos dois sabia que o destino jogara dados com eles.

Cafetões, malandros, estudantes duros e outros maus elementos ficavam de pé, conversando com as putas. Sentar significava gastar e isso eles ou não queriam ou não podiam. Ulf e o anão foram gentilmente recebidos pelo maître e conduzidos a um reservado de onde podiam ver o show. Afinal, eram gringos e gastavam em dólar. A contragosto, Ulf foi obrigado a reconhecer que nunca estivera tão excitado em sua vida. Os olhos do anão simplesmente queriam saltar das órbitas enquanto engrolava estranhos ruídos em dinamarquês, ruídos que só Ulf podia entender, mas que não entendera, pois seus próprios olhos se perdiam entre as coxas de centenas de mulheres. Assistiam a um show chamado "Prisioneiras da selva", onde, ao som de "*Cubanacán, maravilloso país del amor...*", índias – em verdade, mulatas, e negras em sua maioria –, seios à mostra e tapa-sexos mínimos, eram perseguidas por um gorila de mentirinha, pois, após alguns minutos de perseguição, abriu o zíper e de dentro da fantasia saiu uma bela loura oxigenada. A ex-gorila, em verdade uma colonizadora, jogou-se sobre as índias afro-brasileiras e deu início ao maior exercício sáfico, para gringo e orquestra, já presenciado ao sul do Equador. Dez garotas se cunilinguavam quando o anão trepou no parapeito do reservado, abriu a braguilha, exibindo uma peça do tamanho de um braço de criança, e saltou no meio das mulheres. A plateia riu, as mulheres se divertiram com o anão, as luzes apagaram por alguns minutos e o pequeno ator dinamarquês, cujo pênis ereto devia medir a metade do tamanho do seu corpo, foi levado até a gerência. Voltou quinze minutos depois, muito compenetrado, e sentou-se em frente a Ulf. Tarde demais, Ulf estava perdido e jamais seria o mesmo.

Brasília dos Santos era uma das mulheres mais bonitas do mundo. Posso garantir, pois conheci-a pessoalmente. Mulata clara, seios pequenos, bunda que chegava a ser mágica de tão atraente, olhos verdes, cabelos esticados, lábios carnudos, pescoço delgado, cintura fina e coxas que enlouqueceriam qualquer dos grandes escultores da Grécia Antiga. Tudo isso dentro de uma minissaia que a deixava mais nua do que se nua estivesse. Verdade é que tinha um dente de ouro, mas este ela mandara botar de propósito para esnobar as colegas. Recebera do pai, já falecido, o nome de Brasília, em homenagem à futura capital, pois nascera em 1955, vinte anos antes dos fatos aqui narrados. Brasília estava com toda a língua dentro da boca de Ulf e, enquanto o abraçava com a mão esquerda, manipulava o seu pênis – não era páreo para o anão – com a direita. Depois foram dançar o que todos dançavam, uma espécie de coito vertical, no qual Ulf deixava-se conduzir, enquanto a mulata se esfregava em seu membro, jamais outrora tão viril.

Embora não tivessem ido para a cama, como diria García Lorca, "*en aquella noche correran el mejor de los caminos*". Ulf ejaculou duas vezes dentro das calças, e duas vezes teve de ir ao banheiro para se recompor. Das duas vezes, Brasília comentou com as amigas:

– Acho que o gringo entrou na minha.

Das onze e meia às quatro da manhã, Brasília tomou 24 cálices de *claricot* ("sou viciada nisso"), o drinque mais caro da casa que ela dizia ser um coquetel de campari com champanhe, mas que, em verdade, era guaraná com refresco de groselha. Ulf bebeu cerveja, e o anão, por conta de Ulf, bebeu *acqua-vitae*. Na hora em que a boate informou que cerraria as portas, Ulf chamou o maître que arranhava um pouco de inglês e pediu-lhe que dissesse a Brasília que queria fazer amor com ela. O maître sorriu solícito e traduziu prontamente:

– O gringo quer te comer.

– E eu quero dar pra ele, mas o que faço com o Berruga? O Berruga tá me esperando desde a meia-noite. Se saio com o gringo, ele me cobre de porrada.

Cobrir de porrada era o mínimo que o Berruga faria com ela e o dinamarquezinho. Além de batedor de carteira e cocainômano, era um índio alto e forte, com cara de mongol, bigodinho escroto, cujas pontas desciam como os do bigode do Dr. Fu Manchu. Para cafetão, tinha um defeito: era apaixonado pela sua mina e sofria quando ela ia para a cama com os clientes. Mas o que fazer? A vida estava dura, o pó caro e nem todo o dia dava para pungar uma carteira. Hoje, porém, mandara informar a Brasília que estava abonado e com muito tesão.

O maître traduziu para Ulf, ao pé da letra:

– Brasília diz que também gosta muito do senhor, mas precisa ir para casa, onde sua mãe doente e o filhinho a esperam. O senhor sabe, muitas dessas putas não são putas de coração. Fazem isso por necessidade.

Ulf a abraçou carinhosamente, deu-lhe beijinhos na face enquanto lágrimas corriam pelo seu rosto branco-azedo. De repente, pegou o relógio Rolex do pulso e colocou-o nas mãos de Brasília. Disse ao maître:

– Para pagar o médico e os remédios da mãe.

– Nega – traduziu o maître – isso aí é um Rolex. Vê se esconde ele do Berruga.

– Estou amarradinha no gringo. Pede pra ele voltar amanhã.

– Brasília pede para o senhor voltar amanhã. Quem sabe, com um pouco de jeito...

– *Say to Brrassília that I love her.*

– O gringo diz que parou na tua.

– Esse gringuinho me deixa toda molhada. Mas manda ele ir embora porque o Berruga tá me esperando lá fora.

Depois de muita relutância, Ulf saiu do cabaré e foi a pé até o hotel. O anão se retirara pouco antes em companhia de uma crioula e uma loura. Afinal de contas, apresentara suas credenciais e, diante de certas credenciais, mesmo a mais cínica das profissionais não resiste.

O maître ainda comentou com um garçom:

– Vou te dizer um troço, Sarra, em 30 anos de metiê, é a primeira vez que vejo um cara levar uma chave de buceta antes mesmo de fuder.

Como os leitores mais sagazes já devem ter percebido, Ulf não era exatamente um *expert* em sexualidade e psicologia femininas. Dera o azar de estar no lugar errado na hora errada. Quando jovem pegara os anos sessenta na Dinamarca; o auge da liberdade sexual e do feminismo. Ulf, que esperara casar com uma jovem virgem e obediente, se defrontara com mulheres que de repente davam para quem quisessem, competiam com os homens no mercado de trabalho e, em vez de serem escolhidas, escolhiam. Acabariam por se arrepender anos depois, quando os homens decidiram levá-las ao pé da letra, ocasião em que compreenderam que ser mãe, mulher e dona de casa não era tão mau negócio, mas isso foge um pouco ao enredo dessa história. Podendo ir para cama com quem bem entendessem, sem ter de dar satisfações a ninguém, não era com Ulf que iriam. Embora fosse um homem rico de família e diretor de um banco poderoso, não dava sorte com mulheres. Tornou-se um punheteiro compulsivo e, quando se cansava de imaginar três belas vikings lutando pelo seu pênis, apelava para as putas. Mas há putas e putas.

No centro de Copenhague tem uma estátua de um soldado prestes a tocar uma corneta. Diz a lenda antiquíssima que tocará o instrumento no dia em que passar na frente dele uma virgem com mais de 14 anos. A estátua tem mais de dois séculos e até hoje o som da cometa não se fez ouvir. Essa é uma das razões por que o índice de prostituição na Dinamarca é mínimo. Mas ela existe, evidentemente, caso contrário, o que seria dos turistas e dos horrendos? Há dois tipos de prostitutas. As independentes, que trabalham em *night-clubs* de luxo. Durante o dia são esposas e mães, e à noite ajudam a reforçar a renda familiar com o Único dinheiro *free of taxes* do país. O segundo tipo é controlado por negros americanos e africanos e composto, em sua maioria, por moças do interior que vêm à cidade em busca de aventuras. Logo, logo, os gigolôs negros, que entram no país com carteirinhas de estudantes universitários, caem na pele das lourinhas. Acostumadas à frieza da relação familiar nórdica, as moças, entre 18 e 25 anos, são presa fácil dos cafetões que as enchem de carinho, presentes, heroína e porradas. Quando já estão completamente dependentes e sem vontade própria, saem à rua para trabalhar.

Ulf fora duas ou três vezes, com milionários americanos, xeiques árabes e outros tipos de ricos que têm dinheiro para jogar fora, ao *Cacadou*, um dos mais famosos *night-clubs* da Europa, onde algumas das melhores mulheres do continente cobram entre mil e 5 mil dólares por noite. Mesmo sendo considerado um homem rico para os padrões dinamarqueses – 98% de classe média – aquilo era caro demais para ele. De modo que quando não aguentava mais os diálogos solitários com o próprio pênis, Ulf ia para trás da estação central da estrada de ferro e fazia amor com uma das prostitutas cafetinizadas, por 100, 150 dólares. A coisa era mais ou menos assim:

– Cem dólares a chupada, 150 dólares a trepada, 300 dólares para passar a noite.

E lá ia o nosso Ulf para um daqueles melancólicos hotéis que cobram por hora. Certa noite ousou:

– Será que dava pra você tirar o sutiã?

– Não foi isso que combinamos. Mais 50 dólares. – Posso dar um beijinho?

– Pode beijar à vontade, desde que não morda, mas são mais 50 dólares.

Realmente, o dinamarquês não levava uma vida fácil.

Para a alegria geral da equipe, Ulf só pegara no sono aquela noite, em seu quarto no hotelzinho da Barata Ribeiro, lá por volta das sete da manhã, o que significava que não ficaria chateando todo mundo desde cedo. O pobre menino rico passara horas pensando na sua vida e chegara à conclusão de que não tivera um momento de felicidade, e que se morresse agora não levaria para o túmulo uma única lembrança alegre, com exceção de Brasília. Filho único, seus pais não lhe davam bola. A mãe, mulher da alta sociedade, uma das poucas amigas da rainha Margareth, considerava-o medíocre; o pai, violinista famoso, vivia uma vida boêmia e tinha amigos pouco recomendáveis. Costumava chama-lo de "a criatura" ou "máquina de fazer dinheiro". Os poucos amigos logo se afastavam dele ao descobrir que era pão-duro. É verdade, seu *hobby* era fazer dinheiro. Vivia numa grande casa própria em cujo jardim mantinha canários engaiolados que provavelmente também não gostavam dele. Corrupto menor, tinha algum dinheiro na Suíça e uma casa em Lanzarote, uma das ilhas Canárias, onde já não ia há alguns anos.

Aquela noite, no Bolero, pela primeira vez na sua vida, uma mulher se interessara realmente por ele. Embora não entendesse nada do que ela dizia, e vice-versa, parecia ser divertida, pois todos riam quando falava. Permitiu-lhe, inclusive, introduzir dois dedos em seu sexo – coisa impensável na Dinamarca – e tivera certeza de que conseguira excitá-la, pois estava molhadíssima.

Havia a ser considerado o fato de que Brasília era puta, é verdade. Mas era puta em um país miserável e corrupto; vendia o corpo para sustentar a mãe e o filhinho. Além disso, era puta há pouquíssimo tempo, pois não devia ter mais de 20 anos. E as mulheres do seu país que corneavam namorados, amantes e maridos; que viviam saltando de uma cama para a outra sem o menor pudor? Ao despedir-se de Brasília, Ulf sentira uma dor no coração, uma sensação que jamais experimentara antes e chegara à conclusão de que devia ser amor. Definitivamente – julgara – estava apaixonado. Adormeceu depois de se masturbar pensando na mulata.

Às cinco horas, já estava tomando chope em frente ao Bolero, que até o fim da tarde era frequentado por famílias. As putas e os clientes só começavam a chegar depois das nove. Mas o anão, que falava com as mulheres uma espécie de língua mista, uma vez que sabia um pouco de espanhol e de italiano, lhe informara que era melhor chegar cedo. Caso aparecesse na boate depois de Brasília, ela provavelmente já estaria entretendo outro freguês e, bela como era, dificilmente o sujeito abriria mão dela. O anão chegou às nove horas, bebeu algumas *acqua-vitaes* por conta de Ulf e depois foi reunir-se às putas com as quais fizera amizade, no andar de cima. Quando Brasília chegou pouco depois das dez, o peito de Ulf parecia explodir. Vestia uma minissaia ainda mais mini que a da noite anterior. Assim que o viu sentado numa das mesas da calçada, abriu um largo sorriso de mil dentes e correu até ele, que se levantou de imediato:

– Ufa, Ufinha, meu amor! – e sapecou-lhe um beijo molhado na boca.

Bem que ele tentara na noite anterior fazer com que Brasília dissesse o seu nome direito. Mas por mais que ela tentasse só conseguia dizer Ufa. Compreendeu isso, embora não entendesse, quando ela lhe dissera:

– Ufa! Estou cansada, bem.

Seu sobrenome, Westerdrup, sabia que ela não pronunciaria nunca. Mas quem pode pensar nesses detalhes, quando a mulher mais bonita do mundo te pega pela mão e te conduz ao salão? Ulf tentou dizer-lhe, auxiliado por gestos, que precisava pagar a conta:

– *Brrassília, I have to pay the bill!*

– Você paga tudo junto lá em cima, paixão!

Cinco horas, vinte e quatro *claricots*, duas ejaculações e cento e poucos dólares depois, Ulf estava mais apaixonado ainda. Tudo o que ela dizia lhe parecia genial. Desde "Parei na do gringo!" até "O pinto não é grande coisa, mas o Ufa é tão carinhoso!" Ela morria de rir quando, depois de pedir para ele dizer "buceta", o ouvia dizer "bucheta".

E ela, rindo, o deixava feliz. Brasília exibia o Rolex para as amigas, e a impressão que causava também o fazia sorrir de contentamento.

Pouco antes da casa fechar, Ulf começou a ficar apreensivo. Será que ela faria amor com ele hoje? Ulf não sabia disso, mas dependendo do ponto de vista, o destino parecia estar do seu lado. Tanto é que, àquela tarde, Berruga, o cafetão, fora preso na Avenida Rio Branco, com a mão dentro do bolso de trás das calças de um cidadão. Ficaria guardado pelo menos seis meses.

Quando as amigas lhe perguntaram pelo Berruga, respondeu:

– Foi preso.

– E você vai ficar sem homem?

– Quem precisa daquele filhodaputa do Berruga, quando tem um Ufinha?

E sorria para ele que, envaidecido, sem entender nada, sorria de volta com muita ternura.

No fim do expediente, ela passou a mão no seu braço e passeou com ele pela Avenida Atlântica. Ao chegarem na Hilário de Gouveia, ele virou para a direita e conduziu-a até o seu hotel. Brasília, como sabemos, era bonita, mas exuberante demais... Trazia "puta" estampado na testa. Ulf tentou convencer o porteiro a deixá-la subir com ele para o seu quarto, mas os tempos eram outros e o homem foi intransigente.

– *But she is not puta! She is mio amore!* – disse Ulf ao homem, enquanto tentava botar uma nota de cinco dólares nas mãos dele. O sujeito acabou ficando com pena do dinamarquês com cara de palhaço e lhe disse em inglês:

– Ela sabe onde pode fuder.

E para Brasília:

– Por que é que você não leva o gringo para um daqueles hoteizinhos do Lido?

Os dois tomaram um táxi e se dirigiram indignados, mas felizes, para um dos hotéis do Lido onde Brasília costumava levar os clientes.

Nunca fui muito bom em descrever atos sexuais. Primeiro porque não gosto de palavras como vagina, pênis, membro, dardo do amor, gruta de Vênus e outros eufemismos. Segundo, se eu estiver em maré de talento e a descrição for boa mesmo, dispensarei os eufemismos, ocasião em que alguns leitores poderão se escandalizar com o meu estilo. Nada mais posso fazer, portanto, se não lhes dizer que Brasília deu a Ulf a noite mais feliz da sua vida. O gringo era insaciável e assim era Brasília, que realmente havia parado na dele. Ele a tratava como um ser humano e ela o tratava como se ele fosse um galã de cinema. Às nove horas da manhã, exaustos, depois de ela ter-lhe ensinado coisas com as quais ele jamais sonhara, pediram o café da manhã. Enquanto ele não vinha, ela ficava de quatro – e nessa posição era uma obra de arte imbatível – e perguntava para ele:

– Quem vai comer o rabinho da Brasília?

– É o Ufinha! É o Ufinha! – dizia ele resfolegando.

Ela imediatamente se deitava sobre as costas e dizia gargalhando:

– Ufinha da mamãe, gringo adorado, vem chupar a buceta da tua Brasília!

E lá ia ele pela vigésima vez. E aproveito para pedir desculpas aos leitores mais pudicos, mas, eventualmente, o coloquial é indispensável na vida de qualquer escritor que se preze.

Acordaram depois das duas da tarde. Ele quis ir a um restaurante. Ela o levou à lanchonete Bob's. Depois foram às compras: ele lhe comprou uma enorme girafa de pelúcia, uma estátua de gesso de Santo Antônio, um Mickey

Mouse de plástico para o filho (de pai desconhecido), o João Travolta, e uma correntinha de ouro para passar no tornozelo. Para a mãe, compraram um radinho de pilha. Às seis da tarde, subiram o Morro Dona Marta, em Botafogo, onde Brasília morava mesmo, num barraco muito jeitoso e limpinho, com a mãe e o filhinho de menos de dois anos.

Ulf conseguiu esconder o horror que a favela lhe causara e prometeu a si mesmo que tiraria o seu amor dali. Brasília exibiu o namorado para os vizinhos e botou banca:

– Este é o meu namorado. Gringo, mas gente fina.

Os vizinhos morreram de inveja.

Numa língua de poucos vocábulos que só os dois entendiam, Ulf levou meia hora para explicar a ela que não queria mais que trabalhasse no puteiro. Ele bancaria. Ela concordou com a condição que passassem por lá à noite para se despedir das amigas. Depois de explicar para a direção da casa que ficaria por conta do gringo e de prometer que passaria lá pelo menos duas vezes por semana para fazê-lo gastar – caso contrário, poderia perder o lugar – Brasília foi se despedir das colegas.

– E o Berruga? – perguntou Dinorah.

– Pode ficar com ele – respondeu Brasília. Os olhos de Dinorah, uma branquela oxigenada, brilharam. O gigolô de Brasília devia o apelido a uma berruga enorme que tinha no meio do pênis e que aparentemente deixava as mulheres muito assanhadas.

Passaram a noite no hotelzinho do Lido. No dia seguinte, ela o levou ao Pão de Açúcar e ao Corcovado, compraram mais bugigangas, de pedras semipreciosas a calcinhas, sutiãs e meias de seda preta. E, por insistência de Brasília, de seda branca, também. "Vai bem com a minha cor de jambo." À noite foram jantar no Antonio's, bar que na época reunia a alta sociedade e os intelectuais de esquerda da Zona Sul. Todos se escandalizaram muito, mas dólares falam alto. Aliás, falaram alto também no Hippopotamus, o *night-club* mais elegante da cidade. Brasília estava estupefata, com os quatro pneus arriados. Transbordantemente feliz. Se sentia uma deusa africana, e para Ulf era isso mesmo que ela era.

Eu e a equipe só voltamos a ver o Ulf no domingo, algumas horas antes de embarcarmos para Salvador, de onde seguiríamos de carro para Porto Seguro.

– Henrik – disse ele ao diretor – tenho me comportado como um idiota. Não entendo nada de cinema. Vocês é que entendem. Em Porto Seguro, só iria atrapalhar. Passo lá, dentro de um mês, para conferir as contas com você, e depois volto para o Rio. Me apaixonei pela cidade. No fim da filmagem faremos as contas novamente.

– Excelente ideia, Ulf.

– Só tem uma coisa.

– O quê?

– O banco não pode saber de nada.

– Claro.

Mas o anão já nos tinha contado a história toda. Ele mesmo havia se enturmado com algumas mulheres do Bolero e pediu ao diretor que rodasse primeiro as suas cenas, pois pretendia voltar ao Rio. De onde, aliás, jamais sairia. Ulf apareceu duas vezes em Porto Seguro. Um homem diferente, sempre sorrindo e contando histórias. Aprovou os gastos, ambas as vezes em menos de quinze minutos.

Quando acabamos de rodar o filme, nos esperava com Brasília no Galeão. Ela sorriu muito, pouco falou, mas podia-se ver que se sentia muito à vontade com Ulf. O diálogo dos dois era uma mistura de português, inglês, dinamarquês e outros sons ininteligíveis. Estava sem a minissaia, embora usasse um berrante vestido vermelho. O dente de ouro desaparecera. Posso garantir que não houve um só membro da equipe que não houvesse invejado o chato. Isso ele podia ver nos olhos de todos.

Ulf e Brasília já estavam juntos há quase dois meses. Mas como não há bem que sempre dure ou – dependendo do ângulo de visão do leitor – mal que não acabe, um dia Ulf teve de retornar ao seu país. Voltou à Dinamarca uma semana depois de nós. Antes, porém, explicou a Brasília, na língua lá deles, que voltaria dentro de um mês. Deu-lhe dinheiro suficiente para aguentar as pontas durante a sua ausência. E ela aguentou o quanto pôde. Em Copenhague, Ulf reorganizou os seus negócios, conseguiu uma licença do banco e já se preparava para voltar ao Rio de Janeiro na data marcada, quando seu pai faleceu. Ulf, como sabemos, adorava Brasília, mas também gostava muito de dinheiro. Herança, advogados, inventário, intermináveis discussões com a mãe, e ele foi ficando. Mandou telegramas e cartões-postais para Brasília, a maioria dos quais se perdeu no Morro Dona Marta, e os que chegaram até ela foram mal compreendidos ou interpretados. O Brasil vivia o auge da ditadura militar e as comunicações não eram tão fáceis. Não havia como entrar em contato telefônico com a amada e Ulf tinha medo de simplesmente botar 500 mil dólares num envelope e mandar pelo Correio, para o barraco no morro, pois sabia que Brasília jamais receberia o dinheiro.

Quis o destino, que se diverte em brincar com as pobres paixões humanas – ou terá sido o delegado que se encheu de dar casa e comida para o vagabundo? – que Berruga fosse posto em liberdade na mesma época em que o dinheiro que Ulf dera a Brasília chegava ao fim. Ela cumprira o que prometera ao gringo: ficara afastada da putaria e passara a se vestir com mais moderação, como convém a uma noiva apaixonada. Quando Berruga, depois de passar pelo Bolero, apareceu no seu barraco, ela já havia vendido o Rolex por um décimo do seu valor e estava a nenhum. Ora, Berruga não queria coisa pouca. Queria, pela ordem, cocaína, mulher, dinheiro, casa, comida e roupa lavada. Tudo isso = Brasília. Ela ainda tentou fazer algum dengo, mas; 1) Ulf não dava notícias; 2) seu corpo, habituado a ser satisfeito diariamente, exigia o fim do jejum; 3) precisava de dinheiro para manter a casa. E se tudo isso não fosse suficiente para convencer a mulata a voltar para a vida, o fato de Berruga tê-la coberto de porradas – do que ela também gostava de quando em vez, pois não é assim que a mulher se sente querida? – ajudou-a a tomar uma decisão. E lá se foram os dois para o Bolero, diante dos olhos tristes da mãe de Brasília, que não ousava dar palpite, e do João Travolta, que não entendia nada, mas não ia com os cornos do Berruga. Brasília foi de buceta alegre e coração triste, mas foi. Uma semana depois haviam voltado à velha rotina. Quando o marginal conseguia bater alguma carteira, Brasília não ia para a cama com os clientes. Se limitava a fazê-los pagar os *claricots*. Berruga ficava do lado de fora conversando com outros cafifas, bebendo chope e fazendo rápidas incursões ao banheiro para bater uma carreirinha. Isso para não ficar que nem o protagonista do samba de Lupicínio Rodrigues: "E eu, o dono, aqui no meu abandono, espero louco de sono, o cabaré terminar..." Esperar, ele esperava, mas o pó tirava o sono.

Tudo estava igual, mas não tão igual assim. Tanto os seus empregadores, como os frequentadores, os clientes e as colegas, acabaram por notar que havia algo de diferente em Brasília. Além de sorrir menos, dera para falar uma língua que era difícil de entender. Coisas assim: "Hoje fiz um *shit* de *love* com um cliente". Às vezes a surpreendiam murmurando: "Ufinha, Iai, elsco dai!", frase que, com exceção de Ulf, dinamarquês algum entenderia como "Ufinha eu te amo!" do modo pronunciado por Brasília.

Brasília já puteava há um mês quando Ulf, depois de se hospedar num hotel melhorzinho, o Praia Leme, apareceu no barraco do Morro Dona Marta, carregado de presentes para Brasília, a mãe e o João Travolta. Foi recebido aos beijos e abraços pela velha e pelo neguinho. Mas como nenhum dos dois falava o ufês – língua na qual Brasília era *expert* – a mãe se limitou a dizer "Bolero" umas duas ou três vezes, para depois fazer o que o neto já fazia há algum tempo: abrir os pacotes e ver o que o gringo trouxera para ela.

Ulf tinha a impressão de que haviam posto o coração dele num liquidificador. Estava triste, irritado, raivoso, ferido, saudoso, apaixonado, mas acabou por entender que ela, sem dinheiro, fora obrigada a voltar ao meretrício. Com uma ponta de esperança, pensou: "Talvez só esteja fazendo os fregueses beber *claricot*!" Voltou ao hotel com os presentes para Brasília – mais de dez embrulhos de vários tamanhos – tomou um bom banho, vestiu o melhor terno, jantou, e lá pelas onze horas dirigiu-se ao cabaré para encontrar a bem-amada. Subiu correndo uma das escadas que davam para o salão. Mesmo no escurinho, reconheceu o seu amor num reservado, ao lado de um turista que bebia *claricot*. Deu um grito de *angria* que é o grito que os machos da espécie "cornus afoitus" dão quando não sabem se a mulher amada lhes proporcionará angústia ou alegria:

– Brrassília!

Ora, Brasília reconheceria a voz de Ulf em qualquer lugar do mundo, embora nunca houvesse saído do Rio. Levantou-se num salto, largou o cliente e, sorrindo como não sorria desde a partida do dinamarquês, correu para seus braços aos berros:

– Ufinha! Ufinha, meu *love*!

Ufa deixou os pacotes caírem no chão e se beijaram durante mais de cinco minutos. A orquestra chegou a parar e no cabaré fez-se silêncio diante da autenticidade da paixão dos amantes. Quando finalmente se desenlaçaram, Berruga estava ao lado deles. Estendeu a mão para Ulf e disse, muito educadamente:

– Muito prazer, *mister*, meu nome é Berruga. Será que poderíamos levar um lero na praia?

E Brasília:

– Não vai mai méne, Berruga é béde.

E Ulf:

– Ufinha vai ver o que senhorr Berruga *want* e *will be back*.

Na praia, Berruga deu uma senhora surra no dinamarquês que, lágrimas nos olhos, não entendia por que estava apanhando. Finalmente, levou um soco mais forte na quina do queixo, desses que mudam a decoração interna do cérebro, e caiu desmaiado sobre a areia úmida, pois para piorar a situação ainda caía uma chuvinha chata, dessas de princípio de maio. Berruga voltou ao Bolero de onde Brasília saiu com ele para um hotel do Lido. Contra vontade e abaixo de cascudos. Antes de saírem do cabaré, Berruga ainda lhe disse:

– Não esqueça de levar os presentes do gringo. Deve ter muita coisa boa.

Quando Ulf recuperou os sentidos na praia, o sol já se preparava para fazer a sua entrada em Copacabana. Trôpego, caminhou até o hotel. Ficou no quarto o dia inteiro, chorando de vergonha. Não era culpa dele. Nunca ninguém lhe ensinara a brigar e nem isso era necessário na Dinamarca, um dos países mais pacíficos do mundo. Na hora do jantar, lembrou-se do maître que falava um pouco de inglês e decidiu falar com ele. O maître, embora profissional da noite há várias décadas, não era completamente despossuído de sentimentos, e, mediante 50 dólares, tomou-se de compaixão pelo gringo.

– O senhor é muito ingênuo. Isso aqui é um negócio como qualquer outro. As putas são o capital do Bolero. São elas que atraem fregueses e os fazem beber. Para que andem na linha, os gigolôs são necessários. Evitam que cheguem atrasadas, que façam escândalo, que roubem os clientes e que um ou outro sádico estrague a mercadoria. É um círculo vicioso.

– Mas eu quero tirar Brasília da prostituição.

– Então, deve entender que o Berruga investiu tempo e dinheiro nela. Não vai aceitar que, depois de todo o trabalho que teve, venha um estrangeiro qualquer e lhe tire a fonte de renda de mão beijada.

– Mas eu pago.

– Isso já é outra conversa – disse o malandro do maître. – Acho que ele se contentaria com dez mil dólares.

– Vou ter de apanhar no banco amanhã.

– Faça isso. Melhor nem ficar aqui esta noite. Pra que sofrer outra humilhação? O senhor põe o dinheiro na minha mão amanhã às dez horas e posso lhe garantir que nunca mais verá o Berruga.

Ulf voltou para o hotel e, naquela mesma noite, por volta das onze horas, o maître, ex-campeão baiano de capoeira, informou ao Berruga.

– Berruga, meu chapinha, tiraste a sorte grande!

– É? – disse o Berruga, sem muito entusiasmo.

– O gringo vai te dar mil dólares pra você largar de mão da Brasília.

– Tá louco? Brasília vale muito mais. Não vendia o passe dela nem por vinte mil.

O maître encostou Berruga num canto e disse com voz macia, mas cheia de decisão:

– Berruga, seu filhodaputa, aliás, nem filhodaputa você é, você foi cagado por um viado comido por um leproso. Aliás, você não é nem berruga, você é um furúnculo cheio de pus. Escuta bem o que eu vou dizer: se você não largar de mão da puta, vou te dar tanta porrada que vai chover merda e catarro no Piauí, onde você nasceu, por mais de uma semana. E se isso não chegar, vou mandar te dar tantos tiros na cara que nem o puto que te cagou vai te reconhecer. Entendeu, berruguinha de merda?

Berruga, que quando explicavam as coisas para ele direitinho não era burro, entendeu. E o maître, sempre amável continuou:

– Agora você vai sair de mansinho e só passa aqui depois de amanhã às cinco da tarde para receber das minhas mãozinhas os mil dólares que o coração de ouro do gringo deixou para ti. Depois disso, se eu vir a tua cara por Copacabana ou souber que você andou pelo Morro Dona Marta, mando te matar.

Às dez horas da noite seguinte, Ulf encontrou o maître sentado numa mesa da calçada da Avenida Atlântica, ao lado de Brasília. Os amantes se abraçaram comovidos. Brasília chorou ao ver os hematomas no rosto de Ulf:

– O que foi que o sonafabitche do Berruga fez com o meu Ufinha, meu *God*!

Sentou-se à mesa com os dois. O maître, depois de cumprimentar Ulf e receber dele um envelope com 10 mil dólares, lhe disse sorridente e serviçal:

– Doutor Ulfe, já expliquei aqui para a dona Brasília que vocês nunca mais terão de se preocupar com o Berruga. Façam de conta que ele não existe mais e sejam felizes.

Para encurtar a história. Ulf comprou um apartamentinho de sala e quarto na Voluntários da Pátria, em Botafogo, para a mãe de Brasília. Além disso, abriu uma conta para ela, num banco que negociava com o seu. Depositou dez mil dólares e deu ao banco instruções para que só dessem à sogra trezentos por mês. Depois disso, casaram-se na igreja escolhida por Brasília, aquela de vidro na Lagoa, onde ela entrou ao lado do maître, que, metido no mesmo *smoking* que usava no Bolero, fez as vezes de seu pai e entregou-a para Ulf, no altar. Como Ulf não conhecia ninguém na cidade e não queria convidar o cônsul dinamarquês à cerimônia religiosa, compareceram apenas as putas do Bolero acompanhadas dos respectivos gigolôs. E, naturalmente, a velha mãe e João Travolta. A mãe pediu à filha para casar no candomblé, religião afro-brasileira das duas. Mas Brasília foi contra:

– O que é isso, mãe? Agora eu sou uma dama.

A festa, para a qual nem putas e nem gigolôs foram convidados, foi no Morro Dona Marta. Quase à meia-noite apareceu o anão com suas duas mulheres, a crioula e a loura oxigenada. O anão trouxe um presente para os noivos: um dildo ou consolador de metal niquelado. Rindo o seu riso de anão, disse para Ulf, em dinamarquês:

– Quando o de carne cansar, use esse.

– Você não volta para a Dinamarca?

– Está maluco? Eu, a Tânia e a Grace fazemos shows em boates. As duas se chupam e depois de uns quinze minutos eu pulo no palco e como as duas. Nada muito artístico, mas efetivo.

No dia seguinte, Ulf, Brasília e João Travolta embarcaram para Copenhague. As rosas são mais evidentes, mas os espinhos duram mais tempo, são mais resistentes. No começo tudo eram rosas. A bela mansão de Ulf, a mãe dele que – mais pelo exotismo da mulata do que por simpatia – recebeu a nora muito bem e prometeu apresentá-la à rainha. João Travolta, feliz da vida, tratado muito bem no jardim da infância onde era o único menino de cor e, como se sabe, não há racismo na Dinamarca, pois os negros podem ser contados na mão. Duas criadas louras da Jutlândia para Brasília. Depois de algum tempo, Ulf se encontrou com o pessoal da equipe cinematográfica que estivera com ele no Brasil e que conhecia o passado de Brasília. Mas não era isso que o preocupava. A turma não era preconceituosa. O que começou a preocupá-lo seriamente foram os olhares cobiçosos que todos os homens e até mesmo algumas mulheres lançavam para a sua mulher. O ciúme passou a atormentá-lo. Se, por um lado, se orgulhava de ter a mulher mais bonita do país, por outro, isso fazia com que todos quisessem carregá-la para a cama. E Brasília – sabia ele – era uma criança.

Até então – já estava na Dinamarca há dois meses – Ulf insistira com Brasília para aprender o dinamarquês. Posso lhes garantir que mais que uma língua, trata-se de uma enfermidade das cordas vocais. Os nativos são extremamente generosos com as consoantes e muito econômicos com as vogais. Eu, que vivi naquele país por mais de cinco anos, não consegui aprender a língua muito bem. Imaginem Brasília, que nem tinha interesse em aprender nada! Quando Ulf insistia, ela rebatia em ufês:

– Mas, meu bem, somos tão felizes assim. Pra mim basta entender o que tu fala.

Ulf percebeu que corria o risco de perder a mulher, pois, graças à beleza, ao exotismo e à educação (devidamente polida por ele) de Brasília, eram constantemente convidados para festas em casa de grã-finos, aristocratas e artistas. Numa reunião que dera em sua mansão para retribuir tantos convites, Ulf surpreendera a mulher sendo beijada na boca por um primo da rainha. Interrompeu educadamente e, no fim da festa, perguntou à mulher, segurando as lágrimas:

– Como você pode fazer uma coisa dessas com o teu Ufinha?

E ela, extremamente sincera:

– Mas foi você mesmo quem disse que ele era um príncipe e que eu devia tratá-lo muito bem.

– Muito bem não significa deixar que ele enfie a língua na tua boca e passe a mão na tua bunda.

– Então, da próxima vez explica direito, Ufinha.

Nessa mesma noite, Ulf tomou uma decisão.

– Você sabe que você tem razão, Brasília? Pra que maltratar essa bela cabecinha falando um idioma horrível como o dinamarquês, se temos o nosso?

O que Brasília não percebera é que, no seu ufês, na medida em que entravam vocábulos e verbos dinamarqueses, suecos, ingleses, holandeses e alemães, saíam os equivalentes em português. E o português de Brasília não era exatamente acadêmico. Para piorar a situação, ela metia no ufês as palavras estrangeiras do modo que as entendia, e quando as repetia já eram vocábulos diversos que somente Ulf conseguia decifrar. Para solidificar ainda mais a sua posição, engravidou Brasília. Estava há menos de um ano na Dinamarca e já tinha um filho, Jens (que Ulf explicou à mulher queria dizer João em dinamarquês) dos Santos (porque Ulf gostava do sobrenome de Brasília) Westerdrup, um mulato quase branco, de olhos verdes escuros e cabelos quase lisos. Estava há menos de um ano na Dinamarca e não conseguia se comunicar com ninguém sem que Ulf servisse de intérprete. Precisava de Ulf para tudo. A mãe, por sua vez, entendia apenas uma terça parte das cartas da filha, que, aos poucos, usava mais ufês e menos português. João Travolta esquecera o pouco português que falava ao chegar à Europa e agora só se comunicava em dinamarquês. Aos poucos foi se cansando do ufês da mãe e passou a falar com ela tendo o pai como intérprete. O mesmo aconteceu com o pequeno Jens, cuja primeira língua fora o ufês, mas aos três anos já o havia esquecido.

Ora, leitores, a palavra tradição vem do latim – *tradire* – que significa precipuamente entregar; designa o ato de passar algo a outra pessoa ou o de passar algo de uma geração a outra. Se essa entrega não é feita, a tradição se transforma em traição. A cultura é um fenômeno humanizador; uma arma de defesa pessoal para a libertação do homem. Na definição clássica, a cultura é o padrão integrado do conhecimento humano que consiste em linguagem, crenças, comportamentos, costumes, instituições, instrumentos, técnicas, trabalhos de arte, rituais e outros componentes correlatos. Brasília não era precisamente um poço de cultura, mas tinha uma língua, uma identidade, uma religião, suas danças e suas músicas. Mas não poderia passar sua cultura brasileira para ninguém, pois um fenômeno muito raro acontecera com ela: esquecera praticamente o português e não aprendera a nova língua, o dinamarquês. Ulf, egoísta e explorador, fez o que as nações ricas fazem com as mais pobres: interrompeu a tradição cultural de Brasília, que quase se esqueceu de onde viera e tinha uma ideia muito vaga para onde ia.

Digo isso porque, uma tarde, quando uma das criadas tratava das suas unhas, lembrou-se de repente de um ponto de candomblé. Um ponto chamou outro e mais todos aqueles que a mãe lhe ensinara e que estavam presos no seu inconsciente. À noite, quando Ulf voltou do banco, disse-lhe em ufês:

– Quero voltar ao Rio e visitar minha mãe.

O que Ulf, ciumento e apaixonado como era, menos queria era ver sua bela mulata em Copacabana. A língua, as músicas, as velhas amigas, a praia, o Bolero – Meu Deus, o Bolero!!! – tudo isso era um risco muito grande. Acabou convencendo a mulher de que mandaria dinheiro para a mãe vir visitá-la. Dos males o menor. O cônsul da Dinamarca no Rio, Pero Johns, encarregou-se de tudo e a velha foi mandada com toda a comodidade, de primeira classe, para Copenhague.

Brasília foi com Ulf esperar a mãe no aeroporto. A velha que, além dos 300 dólares mensais de Ulf, ainda recebia o aluguel do barraco no Morro Dona Marta, estava elegante. Não tanto quanto a filha, mas elegante. No princípio não se entenderam, mas dona Maria Guanabara – este o seu nome – era mais inteligente que Brasília e logo entendeu os planos do genro. Depois de um mês na fria Copenhague, a mãe lhe disse que voltaria para o Rio. Estava com saudades do clube para senhoras idosas que frequentava. Além disso, sentia que Ulf não a queria lá, pois Brasília voltara a falar ponuguês; um português arrevesado mas quase compreensível para quem tivesse a boa vontade de tentar entendê-lo. Antes de partir, porém, ensinou uma macumba à filha: feitiço para brochar pau de gringo.

– Minha filha, diga ao Ufa que você quer aprender português de novo. Diz que quer falar dinamarquês como todo mundo nessa terra gelada. Se ele não concordar, diga que você vai fazer com que o pinto dele nunca mais se levante.

E assim foi a proveitosa visita da velha senhora.

Brasília amava Ulf que lhe dava tudo, menos a sua identidade de volta. De modo que, a princípio, ameaçou soltar todos os canários das gaiolas se ele não a deixasse reaprender o português e aprender o dinamarquês. Ulf se limitou a rir, mas uma noite, ao voltar para casa, encontrou mais de cem gaiolas vazias.

Ao reclamar com Brasília, ela lhe disse em português, evitando usar vocábulos ufêses.

– Isso, Ufinha, é pra você entender que eu não sou um canário na gaiola. Meus filhos não compreendem o que eu digo e nem eu entendo o que eles dizem. Não aguento mais. Se você não me der professores de português, e tem de ser do Brasil, e de dinamarquês, vou fazer coisa muito pior.

– O quê? – perguntou ele, preocupado.

– Vou fazer um feitiço para esta tua piroquinha nunca mais levantar. E você sabe que a tua Brasília não dorme na mesma cama que homem brocha.

Ulf achou a coisa toda divertida, mas naquela mesma noite, ao se abraçar à mulher, verificou que tinha muito tesão no cérebro, mas não conseguia transmiti-lo para o pênis. A mesma coisa aconteceu durante as noites seguintes. Brasília lhe disse com desdém:

– O Berruga podia ser um filhodaputa, mas o pau dele nunca negou fogo.

Ao ouvir o nome do odiado Berruga, Ulf levantou da cama e foi se refugiar num dos quartos de hóspedes.

Voltou meia hora depois, chorando.

– Brrassília, querida, tira o feitiço do pau do teu Ufinha, por favor!

– Só quando meu português estiver bom e eu começar a compreender dinamarquês.

– E o ufês?

– Continua sendo a nossa língua, mas só para trepar.

No dia seguinte e durante os próximos seis meses, dois professores compareceram diariamente à mansão dos Westerdrup. Ao fim do quinto mês, quando já arranhava dinamarquês o suficiente e voltara a falar um português razoável, ficou com pena de Ulf e desfez o feitiço, desde que ele viajasse com ela para o Rio de Janeiro. Estava, com saudades. Ulf explicou que só poderia viajar dentro de oito meses, mas oito meses depois, Brasília estava grávida novamente. Dessa vez nasceu uma lourinha de cabelos crespos e olhos negros que, na pia batismal, recebeu o nome de Karen Teresinha dos Santos Westerdrup. Não ia ser agora que teria uma filha com quem falar português que iria se afastar dela. Além disso, já se entendia em dinamarquês com João Travolta e o Jens.

Ulf continuava ciumento, mas como dissera o maître do Bolero, tem putas que não são putas de coração, e Brasília era uma delas. Jamais deu motivo de ciúmes para o seu Ufinha e, por mais príncipes que conhecesse, nunca nenhum passou de novo a mão na sua bunda. E assim o tempo foi passando.

Um belo dia, quando João Travolta já tinha dez anos, ele lhe perguntou:

– Mamãe, como é que era mesmo o Brasil?

Ela pensou, pensou e acabou dizendo:

– Você sabe que eu já não me lembro?

Uma semana depois a família toda embarcava para o Rio de Janeiro. Chegaram uma semana antes do carnaval e se hospedaram no Copacabana Palace. Brasília tinha posto uns dez quilos, mas continuava uma belíssima coroa. E Ulf, sempre vigilante. Quando passaram pelo Bolero, a menos de uma quadra do hotel, Brasília fingiu não ter visto o cabaré, em verdade agora bastante decadente. Fez Ulf comprar um apartamento maior para a velha, deu entrevistas aos jornais e desfilou como destaque da sua escola, a Mangueira.

Alguns dias depois do carnaval, quis subir o Morro Dona Marta, mas foi desaconselhada por um camelô, também morador da favela, que a reconheceu:

– A vizinhança antiga se mudou ou foi expulsa. Agora quem manda lá são os traficantes.

Insistiu com a mãe para que voltasse com ela para a Dinamarca, mas dona Guanabara se recusou:

– Estou muito velha, minha filha. Tua terra é muito fria.

– Mas, mãe, o Brasil nem samba tem mais. O povo parece que emburreceu.

– Pode ser minha querida, mas se eu vejo um cachorro na rua, sei que é cachorro carioca. Lá na tua terra, nem cachorro entende o que eu falo.

Fez com que Ulf comprasse um apartamento ainda maior para a mãe em Copacabana. Alguns dias depois, estava tomando sol na piscina do Copa com as crianças, quando de repente perguntou ao marido:

– Ufinha, vamos voltar para casa?

O DEUS

Quando o conheci ele ainda não era Deus. Das vezes em que o vi falar sobre o assunto, tive a impressão de que ou não se importava com Deus ou era muito íntimo dele. Homem de pouco mais de 50 anos, quase 1,90 m de altura, magro, tímido, vivia com as mãos nos bolsos e dava a impressão de que, apesar do tamanho, preferia passar despercebido. Tinha cabelos grisalhos e profundas rugas no rosto. Apesar disso, o ar era de garoto desajeitado. De descendência russa, lembrava na aparência, gestos calmos e vagarosos, o ator americano Gary Cooper. Extremamente gentil, era um acadêmico, Ph.D. em Matemática e Filosofia por alguma universidade europeia. Escrevera livros, cujos títulos falam por si: *Um ensaio sobre a origem do pensamento* e *Entropia das ideias*, entre outros.

Morávamos no mesmo edifício no Posto 6, em Copacabana. Encontrava-o praticamente todos os dias num pé-sujo chamado Luar de Veneza, na Raul Pompeia. Bebia regularmente três ou quatro chopes e três ou quatro batidas de maracujá, dessas que só pinguço e avestruz aguentam. Mas nunca o vi de porre. Só mais tarde descobri que eu ia ao boteco principalmente para conversar com ele antes de voltarmos ambos para jantar nas respectivas casas. Um dia lhe perguntei:

– Adonai, o que é que um sujeito inteligente como você vem fazer neste pé-sujo, onde só tem vagabundo jogando conversa fora?

– Quer saber a verdade, mesmo, Fausto?

– Quero.

– Há mais de trinta anos que frequento botequins.

Gostava de tomar meus chopes num canto e ouvir o povo falar. O povo era bem-humorado, inteligente e, quem prestasse a atenção, podia aprender muito.

– E agora?

– Agora o povo parece ter adquirido o mau-caráter da burguesia. Perdeu a inventividade. Poderia dizer que continuo vindo aqui por hábito, mas não seria verdade. Em verdade estou fazendo um estudo.

– Que estudo?

– Estou cronometrando o tempo que o homem leva maltratando o presente que Deus lhe deu.

– A vida?

– A vida já faz de cada ser vivo um campeão. Mas o presente que Deus lhes deu foi a capacidade de usufruir a vida, de demonstrar a Deus que ele não errou quando lhes deu o livre-arbítrio.

– Não estou entendendo.

– Eu também não entendo muito bem, mas é mais ou menos assim: em vez de se entregarem à verdade, os homens preferem acreditar na realidade. Como a realidade é distribuidora de medo, os idiotas tornam-se filhos do medo que guia seus passos, ações e pensamentos até a hora da morte; até a hora da conta ser apresentada. Para cumprir as ordens do medo, o homem deixa de ser um fim em si mesmo para se transformar num objeto do medo. Desse modo, se afasta do seu eu intrínseco, aquele que deveria ser, para se transformar numa coisa, aquela que pensa que o ajudará a integrar-se no mundo.

Nesse momento, fomos interrompidos por um advogado de porta de xadrez, outro habituê do Luar de Veneza, que nos perguntou se havíamos assistido ao jogo entre o Flamengo e o Independientes, e a conversa descambou para o futebol. Meia hora depois, quando caminhávamos para casa, lhe perguntei:

– Sempre tive a impressão de que você era ateu. Que história é essa de Deus?

– É preciso ser muito idiota para negar ou afirmar a existência de Deus. Mas, note bem, caso ele exista, precisa mostrar trabalho e se expressar através de nós. Se fosse para Deus fazer tudo, não haveria razão para existirmos.

– E tem gente que te acusa de ser comunista!

– Ser comunista não quer dizer pertencer a um partido político. O comunismo, filosofia que jamais foi realmente posta em prática, é apenas o básico indispensável para que o homem comece a andar sobre seus próprios pés. Minha religiosidade consiste na admiração de um espírito que se revela no pouco que podemos compreender da realidade.

Continuamos caminhando em silêncio e o deixei à porta do seu apartamento, que era ao lado do meu. Logo depois que entrou, ouvi sua mulher, uma bela morena pouco mais moça do que ele, dizer irritada:

– O jantar já está frio. Cansamos de esperar por você.

No dia seguinte tive de viajar para cobrir uma reunião dos Sete Grandes em Genebra e, quando retomei, disseram-me que haviam se mudado há menos de uma semana.

Só vim a ter notícias do meu amigo que os porristas chamavam de "Gênio", pois tinha resposta para tudo, quase dois anos depois. Uma tarde, antes de voltar para casa, entrei no Alvaru's, um bar-restaurante do Leblon. Sentei-me à mesa do Ferdinando Machadão, um sujeito gordo, simpático, bem-humorado, matemático como meu ex-vizinho Adonai, e quase tão alheio à realidade quanto ele. Era um prazer vê-los discutir mecânica quântica, Jack Adamar, Oto Hahn e até mesmo o jovem físico Stephen Hawking. Enquanto Machadão fazia cálculos do que chamava de lógica ternária, Adonai parecia falar com alguém que só ele via e estava a seu lado. Quando passavam para a economia dava gosto ver o gordo e o magro usarem teses de economistas como Joan Robinson, Alfred Marshall e Maynard Keynes para destruir as teorias dos economistas brasileiros que, neoliberais como se intitulam, vêm tornando impossível a vida neste país. Eventualmente trocavam algumas palavras comigo, mas eu sabia ser apenas um espectador do diálogo deles.

Assim que sentei à mesa e pedi um uísque, perguntei ao Machadão sobre Adonai.

O gordo fechou os olhos e pareceu transportar-se para um mundo acessível apenas aos eleitos como ele e o magro.

– Uma tragédia. Há uns dois anos, mais ou menos, me telefonou às nove da manhã, dizendo que dois homens queriam expulsá-lo de casa. Disse para ele falar contigo, afinal, vocês eram vizinhos, mas você estava viajando.

– E daí?

– Fui até lá e encontrei dois oficiais de justiça com uma ordem judicial que dava ao senhor Adonai Contestatio meia hora para apanhar seus pertences de uso pessoal e sumir.

– Brincadeira, rapaz? E o que foi que vocês fizeram?

– Eu e a empregada juntamos algumas roupas, papéis, livros e canetas, e colocamos tudo dentro de uma valise. Adonai estava paralisado, sem entender nada, agarrado a um livro de Alice Cantalice, sobre Einstein, que estava traduzindo. Já dentro do automóvel, aconselhei-o a passar algum tempo na minha casa em Rio das Ostras até eu descobrir o que estava acontecendo.

– Mas o que é que estava acontecendo?

Machadão, que já havia bebido uns vinte chopes, respondeu:

– Eu escondi dele o que se passava. Em verdade, foi a mulher que o expulsou de casa, sob a alegação de que o imóvel estava em seu nome e de que sofria agressões físicas e morais.

– Mas o Adonai é o sujeito menos agressivo que conheci na vida.

– Além disso, vivia dizendo que a mulher era a sua âncora, sua melhor amiga, seu anjo da guarda, que não poderia suportar as realidades do mundo sem ela. Por isso decidi esperar para ver se desfazia o mal-entendido. Aquela noite ele dormiu em casa aqui no Leblon. Dormiu, modo de dizer, pois falou a noite inteira e pensamos que fosse enlouquecer. Felizmente, pela manhã, *O Globo* publicou uma nota dizendo que seu último livro havia sido considerado uma das contribuições mais importantes para a matemática moderna nos últimos dez anos. Isso o acalmou um pouco e permitiu que eu o convencesse a ir com o chofer para Rio das Ostras, onde já instruíra a empregada para tomar conta dele. Pedi a ela que me telefonasse todos os dias para relatar o comportamento do magro.

Pedi mais um uísque e Machadão outro chope. Aproveitou para dormir um pouco. Sabia desse seu hábito e dez minutos depois o acordei:

– Machadão! Machadão! Ferdinando Machadão! – disse alto, sacudindo seu braço.

– O quê? O que foi?

– E daí?

– Daí o quê?

– O Adonai.

– O que houve com o Adonai? Você o viu?

Fiz um resumo do que ele me contara até então e, depois de beber mais dois chopes, continuou:

– Telefonei todos os dias para a casa da mulher, mas tanto ela como a mãe, o filho, o irmão, a cunhada e os cachorros haviam desaparecido. A empregada dizia não saber onde eles estavam e que recebera pelo Correio um cheque com dinheiro suficiente para mandar a casa avante por um mês. De Rio das Ostras, a outra empregada me informara que Adonai, apesar das esquisitices de chamá-la de madame e comprar-lhe rosas de vez em quando, se comportava normalmente. Acordava cedo, escrevia até o sol se pôr e bebia até cair no sono. Em menos de três semanas quase acabou com a minha coleção de cachaças.

– E ele tinha algum dinheiro?

– Muito pouco, e era isso que mais me preocupava, pois apesar de entender de economia, jamais entendeu de economia doméstica. Você sabe disso, podia usar a mesma calça durante semanas.

– Lembras uma vez que apareceu com uma meia branca e outra preta?

– Claro que lembro, aliás, só um idiota se preocupa com a cor das meias. Mas deixa eu continuar. O problema é que quem cuidava das suas finanças, direitos autorais, contratos, era a mulher, e ela tomara chá de sumiço. Já estava em Rio das Ostras há uma semana, quando me telefonou. Não perguntou pela mulher como fazia sempre. Em vez disso, me informou com voz solene: "Ferdy, preciso da tua presença aqui imediatamente. Acho que estou à beira de fazer uma das descobertas mais importantes da humanidade". Prometi que iria no dia seguinte.

– E daí?

– Daí que eu gostaria que você deixasse de ser repórter uma vez na vida e parasse de me interromper.

– Desculpe, Machadão.

– Está desculpado. Daí, que no dia seguinte, quando cheguei, perto do meio-dia, em Rio das Ostras, a empregada me recebeu, pedindo que não falasse alto e me conduziu até o quarto de hóspedes onde alojara o Adonai. Meu amigo estava gritando com alguém. Espiei pela porta entreaberta e custei a descobrir quem ele estava insultando. Era uma barata enorme que parecia escutá-lo com muita atenção de cima da mesinha de cabeceira. Adonai, dedo em riste, dizia para a barata: "Você é um canalha, Gregório! Você vem atrasando o progresso da humanidade, você vem impedindo o desenvolvimento do espírito do homem. Você precisa morrer!" Dito isso, tentou esmagar a barata com a sua mão enorme. A barata voou, mas, acredite se quiser, e olhe que eu não estava de porre.

– O que houve?

– Adonai apontou um dedo para a barata que voava e ela caiu morta no meio do quarto.

– Vai ver que ele conseguiu feri-la e ela só veio a morrer quando já estava no ar.

– Ah, é, seu jornalista? E como você explica a luz que saía do dedo do Adonai Contestatio?

Ferdy, o modo carinhoso que os amigos mais íntimos tinham de chamar o Machadão, era um cientista de fama internacional, um erudito, bebia muito e era quase tão desligado do mundo quanto Adonai, mas não mentia. Decidi manter a boca fechada e ele continuou.

– Ao me ver, Adonai deu um largo sorriso, abriu os braços quilométricos e me envolveu num abraço como se não me visse há uma eternidade. Depois me olhou nos olhos com muita gratidão por cerca de um minuto. Como se de repente se recordasse de alguma coisa, duas lágrimas desceram por aquela cara de garoto velho. Me disse: “Machadão, Machadão, por que não chegaste um pouco mais cedo? Poderia ter te apresentado o Borgus Moskvitin”.

– E quem era o Borgus Moskvitin? – perguntei.

– Tudo a seu tempo. – Bebeu mais um chope, pediu outro e prosseguiu. – Adonai me disse que, na noite anterior, sentira uma dor terrível no olho direito. Foi ao espelho e, com auxílio de uma lupa fortíssima, descobriu que um disco voador aterrissara na sua retina. Com auxílio de uma pinça delicadíssima, retirou a minúscula aeronave espacial do olho e depositou-a na palma da mão. De dentro dela saiu um homenzinho verde que passou a noite inteira conversando com ele.

– Você está de porre!

– Posso estar um pouco alto agora, mas naquele princípio de noite nem eu nem o Adonai havíamos bebido nada. E, além disso, eu vira a luz sair do seu dedo. Segundo Adonai, o baixinho era do planeta Yolhesman e estava muito irritado. Já estivera outras vezes na Terra e voltava sempre decepcionado com a humanidade. Mais tarde, depois do jantar, Adonai fez questão de me ditar as coisas que o Borgus Moskvitin lhe dissera e que provavam a nossa incompetência para o exercício da vida ou da verdade, como ele preferia dizer. A lista está aqui comigo e Adonai me explicou que a ordem era aleatória.

Machadão me passou quatro laudas de papel escritas a mão. Eis o que li:

1) Vocês gastam fortunas com bronzeadores, banhos de sol artificial, passam horas na praia para ficarem pretos e tratam os pretos e mulatos como seres inferiores condenados a desvantagens econômicas e sociais;

2) Mobilizam milhares de pessoas para redigirem leis que regulam a conduta de vocês e depois empregam es-

pecialistas chamados advogados para romper essas mesmas leis;

3) Dizem que a vida após a morte é tão boa a ponto de classificá-la como céu, mas condenam os suicidas e os assasinos que mandam seus semelhantes para a vida eterna;

4) Só comem animais com cornos como vacas e cabritos, mas evitam animais sem cornos como burros e cavalos;

5) Consideram normal um velho casar com uma jovem, mas ridicularizam a velha que se casa com um jovem;

6) Acreditam na honestidade de políticos que gastam em suas campanhas dezenas de vezes o que receberão em salários durante o mandato;

7) Chamam a Câmara e o Senado de Casa do Povo, mas só colocam lá dentro os representantes das elites;

8) Toleram o álcool e o tabaco, mas condenam outras drogas que, em verdade, porque proibidas, são o maior negócio do mundo;

9) Consideram heróis os que matam com uniforme, e criminosos os que matam em trajes civis;

10) Querem que as filhas mantenham a virgindade até o casamento, mas tiram a virgindade das filhas de outros homens, geralmente mais pobres;

11) Recompensam com joias, carros, propriedades as mulheres ricas que nada fazem, e pagam uma miséria para as mulheres pobres que fazem tudo;

12) Consideram a prostituição uma praga social, mas veem os clientes das prostitutas com naturalidade;

13) Dizem que o homem é a obra-prima da natureza (a essa altura, o baixinho deu uma gargalhada), mas tratam os cachorros e os gatos bem melhor do que os operários e as empregadas domésticas;

14) Declaram guerra contra outros países, mas mandam para morrer no campo de batalha os mais jovens que nunca pensaram em declarar guerra a ninguém;

15) Consideram o ouro o metal mais precioso quando é exatamente aquele que não tem a menor utilidade;

16) Gostam de ver mulheres nuas, mas as obrigam a andar vestidas;

17) Fazem de tudo para levar a mulher do próximo para a cama, mas quando é o próximo que leva a mulher de vocês para a cama, se transformam em assassinos;

18) Educam o homem para a violência, e quando ele se torna violento querem matá-lo;

19) Induzem os homens a gastar o que não podem através de uma máquina chamada televisão, e quando eles não pagam, os afastam da convivência social.

A lista acabava aí. Devolvi-a a Machadão, sem comentários. Ele continuou:

– É claro que eu e Adonai sempre soubemos, pelo menos inconscientemente, das coisas denunciadas pelo extraterrestre Borgus Moskvitin. Entretanto, lágrimas nos olhos, Adonai me informou depois que o baixinho lhe dissera coisas bem mais importantes que ele não podia me revelar. Disse também que se sentira um cocô por ser parte de uma humanidade que não dera certo e que certamente não era humana. Segundo ele, Borgus lhe contaria três segredos, mas, depois do primeiro, teve de ir ao banheiro. Deixou o homenzinho com sua nave na mesa de cabeceira e, quando voltou, haviam desaparecido. Adonai olhou para mim profundamente emocionado, apontou para a baratona morta no chão e disse com a voz embargada: "O filhodaputa do Gregório comeu o Borgus e a nave! Quando lhe perguntei por que havia feito aquela coisa horrível, respondeu que os baixinhos visitam a terra há milhares de anos e perturbam a paz e a harmonia universais. E mais, que as baratas foram criadas para acabar com eles". Depois levou-me até a sepultura do extraterrestre, mas não consegui ver nada, além de minhocas. Então, seu repórter, o que é que você me diz disso?

– O Adonai não aguentou que a mulher lhe desse um pé na bunda e enlouqueceu.

– Só existem três coisas no mundo que não conhecem limites.

– O quê? – perguntei. E o Machadão:

– O nada, o infinito e a tua ignorância. Adonai é um gênio e você um escravo da realidade. Se você é tão obtusamente simples, não temos mais nada a falar.

Durante quinze minutos, Machadão ficou em silêncio bebendo chope. Finalmente, não aguentei e perguntei:

– O que aconteceu com Adonai? O que aconteceu com a mulher dele?

Esperei ele comer cinco pastéis de carne. Só então levantou os olhos para mim e disse:

– Da mulher, pouco sei. Parece que está vivendo com um funcionário do Banco do Brasil. Adonai desapareceu da minha casa de Rio das Ostras, algum tempo depois. Segundo a empregada, saiu de bermudas, camisa da Banda de Ipanema e pés descalços. Deixou para mim a tradução do livro de Alice Cantalice sobre Einstein, pedindo-me para entregá-lo na editora, e um bilhete onde dizia o seguinte: "Ferdy, não carregas o machado no nome por acaso. Quando chegar a hora, terás notícias minhas". Estava assinado *Adonai, o Deus.*

– E ele não deu mais notícias?

– Li em jornais do interior que andou por cidadezinhas da Bahia, de Minas, Espírito Santo. Estaria usando uma barba imensa, sempre de bermudas e com a camisa da Banda de Ipanema. Evita as grandes cidades, se hospeda em pequenos ranchos onde passa alguns dias curando as pessoas doentes que o procuram. Depois segue avante. Os jornais do Rio ainda não comentaram nada. E nem você vai comentar.

Depois de pagarmos a conta, ajudei Machadão a se levantar, botei-o num táxi e fui para casa.

Dois meses depois recebi um telefonema do Machadão, no jornal:

– Ele voltou.

– Quem?

– Adonai.

– E daí?

– Daí que preciso da tua ajuda. Você, além de jornalista, não é advogado?

– Sou. Por quê?

– Porque prenderam o Adonai por vadiagem. Está no xadrez da delegacia de Copacabana.

– Aquela da Avenida Copacabana quase em frente ao Bar Bico?

– Não. Aquela da Hilário de Gouveia ao lado do restaurante A Polonesa.

– E o que é que você quer que eu faça?

– O Adonai telefonou para mim dizendo que sou seu advogado. Fui lá e não me deixaram falar com ele. Estou te telefonando da Polonesa. Vem pra cá.

Fui. Anoitecia quando cheguei ao distrito. Por acaso o delegado, um baixinho boa-praça, era meu conhecido. Explicou-me que Adonai fora preso por vadiagem e que já o teria soltado se pelo menos se identificasse, mas se negava a abrir a boca. Aliás, só abrira a boca para dizer que queria falar com seu advogado que não era advogado. Depois de explicar que Adonai era meu amigo, um matemático, um intelectual que não batia muito bem, apresentei o Machadão ao delegado e perguntei-lhe se poderíamos ficar a sós com o prisioneiro. O delegado disse que estava na hora do seu jantar e que poderíamos conversar ali mesmo na sala dele, ou, se preferíssemos, poderíamos sair com "o amigo de vocês". Depois que o policial se retirou, Machadão me disse, irritado:

– Você não precisava ter dito que o Adonai não bate bem.

– E não é verdade?

– Não.

Adonai entrou na sala acompanhado de um PM que ficou do lado de fora da porta. Não pareceu muito satisfeito em me ver, mas, ao ver Machadão, seus lábios se abriram num sorriso.

– Ferdy Machadão, meu irmãozinho!

Machadão foi até ele, que o abraçou e, tive a impressão, disse-lhe alguma coisa ao ouvido. Depois me cumprimentou – "Como vai, Fausto?" – e sentou-se numa cadeira. Fizemos o mesmo. Estava descalço, vestia bermudas e a camisa da Banda de Ipanema. Mas estava limpo e não parecia embriagado.

– Que história é essa de Deus, Adonai? – perguntei.

Machadão abriu a boca para reclamar, mas a um gesto de Adonai, se calou.

– É muito simples, rapaz. Estava em Rio das Ostras quando li, no jornal local, um anúncio que dizia "Deus, precisa-se". Fui até o endereço e recebi as instruções.

– Você está de sacanagem.

– Não estou não.

É claro que aquela história só podia sair da boca de um sujeito que havia pirado completamente. Entretanto, sua voz, bem mais suave e confidente, fazia com que fosse difícil não levá-lo a sério. Depois de perguntar pela minha mulher, pelo meu trabalho, pelos filhos do Machadão, esticou as pernas e se dirigiu a mim, indagando:

– Fausto, você sabe que basquete não se joga no pântano?

– Sei.

– Pois é, a vida, como o basquete, tem certas regras. Se jogarmos pelas regras erradas, acabaremos exterminando a vida. Durante milhares de anos – o que em termos de tempo não passa da fração de segundo na qual a lagartixa fecha um olho – vejo vocês se matando nesse jogo estúpido de vencer na vida, que (nesse momento sorriu um sorriso cúmplice para Machadão), fora de brincadeira, só conduz à danação eterna.

– Está certo, Adonai, mas nós viemos aqui para levar você. Ou você prefere que eu volte com algumas roupas? Vamos beber um negócio no Luar de Veneza e você nos conta as novidades.

– Tudo a seu tempo. Estou falando sério contigo e você parece não me levar a sério. Estou cansado disso tudo, como aliás estou cansado dessa lenga-lenga, entre um crime e outro, de usar meu nome em vão: "Deus existe! Deus não existe!" Pois bem, Deus existe.

– E é você? – perguntei, irônico. (Como deixar de ser irônico numa situação dessas?)

– Sou. Aliás, essa história de Deus, Tupã, Manitu, Zeus é muito complicada quando analisada à luz da ótica míope-consumista de vocês. E nem por ser Deus deixo de ser um sujeito simples, boa-praça que, é verdade, já gostou mais das suas criaturas em geral, e que ainda gosta das suas criaturas fêmeas, particularmente lindas quando sem roupas.

Eu estava me sentindo um completo idiota falando com um amigo que enlouquecera, mas o Machadão ou era um grande gozador ou parecia levar tudo muito a sério. Resolvi entrar no jogo deles.

– E como é ser Deus?

– Ser Deus pode ser extremamente tedioso. Vocês, criaturas mesquinhas e rastejantes, já imaginaram a minha solidão? Já imaginaram a solidão de um deus que não tem com quem discutir as suas obras? Um deus que sabe do passado e do futuro, mas não pode interferir? Já imaginaram o meu tédio, vendo as cagadas de vocês, sabendo que tudo poderia ser diferente se dessem um mínimo de valor ao que receberam de mão beijada? E olhem que tenho colaborado para ver se consigo mudar o trágico destino da espécie humana. Não fui eu, por acaso, quem fez Shakespeare escrever suas obras? Não fui eu que levei Hitler, Somoza, Stalin, pro inferno? Por acaso não fui eu que guiei as mãos de Van Gogh e quem bolou o ato sexual mais perfeito de todas as galáxias? Não fui eu quem inventou a mulher nua, seus ingratos!

Mais relaxado, continuei jogando o jogo, enquanto Machadão parecia se divertir muito com a situação.

– E, Adonai, você não poderia desvendar os terríveis mistérios da sua divindade?

– Claro que poderia, mas não quero.

– Não podia pelo menos, dizer se o inferno existe?

– É óbvio que existe e é para toda a eternidade. Vai para o inferno, por exemplo, todo sujeito que frequentar igreja, sinagoga, mesquita, templo budista e não cumprir fielmente as minhas ordens.

– E quem mais?

– Digo para ele, Machadão? – perguntou, sorrindo para o seu colega matemático.

– Diz, o Fausto é nosso amigo.

– Posso publicar?

– Isso você combina depois com o Machadão.

– Então me conta, quem mais vai para o inferno?

– Todos aqueles que assumirem o poder à força, todos que usam o meu aniversário pra ganhar dinheiro e, naturalmente, todos os ricos.

Nesse momento, Adonai deu uma gostosa gargalhada, bateu com a mão no meu joelho (tenho a marca até hoje) e disse:

– Enganei você, hein Faustão?

– Enganar não enganou, mas me deu um susto.

– Então vamos embora, que estou doido pra tomar um chope.

Pretendia hospedá-lo no hotel Apa, na Barata Ribeiro, e depois ver o que ele queria fazer. Para mim era como se ele fosse um dos muitos amigos que, há alguns anos, voltaram do exílio político e, no princípio, não se acostumaram com o clima nacional. Antes, porém, demos uma parada no Luar de Veneza para tomar uns chopes.

Depois de três rodadas, fui ao banheiro e deixei Adonai e Machadão conversando. Quando voltei, Machadão estava muito sério. Sentei-me à mesa a tempo de ver Adonai dizer ao velho amigo:

– Ferdy Machadão, me dá a mão.

Machadão apertou a mão de Adonai e, por alguns segundos, os corpos dos dois se iluminaram totalmente. A luz era tão forte que chegou a me cegar por certo tempo. Quando abri os olhos, Adonai havia desaparecido.

– Pra onde ele foi?

– Não disse.

– E o que é que ele falou pra você quando eu fui ao banheiro?

– Disse que havia feito a sua parte e que estava muito entediado.

Durante toda a viagem de carro até a casa do Machadão só consegui descobrir pouca coisa.

– Agora, sem sacanagem, Machadão, que truque foi aquele?

– Que truque?

– Aquele do Adonai desaparecer no meio daquela luz toda?

– Que luz?

Vi que do mato do Machadão não sairia coelho. Ainda assim insisti.

– Mas, afinal, Adonai era Deus ou não era?

E Machadão, muito sério:

– Era.

Me despedi dele e fui para casa. Mas não pretendia deixar barato. No dia seguinte, antes das nove da manhã, telefonei para a casa do Machadão. Atendeu a empregada:

– O seu Machadão está?

– Acordou com uma bruta dor no olho direito. Acabou de sair agorinha mesmo. Saiu descalço, de bermudas, e com a camisa da Banda de Ipanema.

O HOMEM

Hoje em dia, Cabelinho não atira mais pedras porque está morto. O mais interessante é que morreu exatamente quando começava a fazer as pazes com a sociedade. Mas estou me adiantando.

Cabelinho nem se chamava Cabelinho. Mas, apesar do apelido meio puxado ao ridículo (por ser, talvez, o único sujeito, às vésperas do ano 2000, a usar gomalina), era um homem muito bonito, elegante, posudo e magro como um anacrônico Dom Quixote. Tinha um outro nome que nunca revelou. Trabalhava há anos, com competência e dedicação, como contador de um grande banco, era casado, dois filhos mais que adolescentes, morava num apartamento alugado em Copacabana e tinha um automóvel que tratava com muito carinho. Não sabia disso, mas seu caráter fora moldado pelas exigências do mundo que construíram à sua revelia. Como eu, e a maioria dos leitores, Cabelinho era um consumidor eterno que aceitava tudo – comida, bebida, lazer – passivamente. Como todos nós, em algum ponto, sua vida transformou-se numa mercadoria e passou a senti-la como um capital a ser investido com lucro. Como todos nós, seu valor estava na sua rentabilidade e não em suas qualidades de amor, sua possibilidade de raciocinar e sua capacidade artística.

Cabelinho não sabia, mas o seu senso de valores dependia de fatores estranhos; do seu êxito segundo a opinião dos outros. Era, enfim, um boi bípede de 48 anos, incapaz de afastar-se da manada. Seus gostos podiam ser facilmente padronizados, influenciados e previstos; um autômato alienado que trabalhava para satisfazer suas necessidades que, por sua vez, eram dirigidas pela máquina política e econômica. Como era um robô, até o amor que praticava com a mulher, cada vez mais raramente, não passava de uma egoística manipulação a dois.

Como, entretanto, o homem não é intrinsecamente um autômato, uma hora o corpo de Cabelinho se manifestou. Foi no dia em que – desprevenido – pensou. Pensou e chegou à conclusão de que em dez anos – quando se aposentasse – estaria fazendo a mesma coisa e recebendo o mesmo salário, senão menor. Nesse dia, Cabelinho passou a sentir cólicas terríveis no estômago. Era a alma que se vingava do corpo que insistia em ignorá-la.

A partir do dia em que Cabelinho tomou consciência de si mesmo e das suas reais necessidades – o sistema, aparentemente, começou a se vingar. Nas repartições públicas, as filas eram insuportáveis, os guardas de trânsito o achacavam continuamente, os remédios não faziam o efeito que diziam fazer, as notícias na televisão eram mentirosas, seu cafezinho, invariavelmente, era servido frio, e até o seu banco que ele amava e que juraram não seria privatizado, o foi. Há quem diga que foi essa privatização que detonou a psicose.

Nesse dia, Cabelinho foi até o gerente e lhe disse:

– Quer dizer que privatizaram o banco e não pediram a minha opinião?

– O que é isso, Cabelinbo?

– O que é isso, não. Por enquanto estou deixando barato, mas você não perde por esperar.

Uma semana depois, passaram a demitir funcionários.

Cabelinho levantou-se da sua mesa e berrou:

– Tudo não passa de uma mentira escrota. Eu mesmo sou uma mentira escrota. Mas não serei mais.

Naquela tarde – cólicas terríveis – ao sair do banco, na Rua do Acre, no Centro do Rio, passou pelo botequim onde sempre tomava uma cerveja. Na hora de pagar, o português de trás do balcão informou-lhe que a cerveja havia aumentado.

– Aumentou e não me disseram nada?

– Os homens fazem o que bem entendem.

– Mas que homens são esses que não me consultam? Que homens são esses que dizem que não há inflação e a cerveja aumenta? Onde estão esses monstros filhosdaputa? Por que não mostram a cara? A gente só vê esses putos pela televisão. Será que eles existem mesmo?

– Mas foi só dez por cento.

– Dez por cento, se a inflação é zero, passa a ser mil por cento. Não pago, porra nenhuma.

Dito isso, assestou uma bela porrada no nariz do português que, ato contínuo, deu-lhe uma surra com uma barra de ferro. Foi jogado no meio da calçada, mas não parou de berrar:

– Mentirosos escrotos!

Naquela noite jantou com a mulher em silêncio, como sempre. Os filhos, como sempre, estavam na rua. Depois do jantar, foram para a sala ver o telejornal. Cabelinho vociferou:

– Mas esses canalhas não eram comunistas? Não eram contra o regime? Como, agora, enriqueceram e viraram neoliberais?

E pouco depois:

– Mas este cara é presidente da República ou líder da oposição? Nada que se passa na porra deste país é culpa dele? Mentiroso escroto!

Durante a transmissão da novela, quando ouviu uma atriz dizer "Luiz Maurício, papai descobriu que a Roberta transa com a Nina, e disse que vai deserdá-la", começou a uivar como um lobo e em seguida pegou o aparelho de TV e jogou-o pela janela, enquanto berrava:

– Vai mentir na puta que te pariu!

A mulher dissolveu seis miligramas de Lexotan numa xícara de chá de boldo, e Cabelinho adormeceu. Mas na manhã seguinte, na hora do café, apareceu de cuecas. Ao ver que os dois filhos, um de 21 e o outro de 24 anos, ainda dormiam, começou a dar pontapés na porta do quarto deles:

– Levantem, seus escrotos mentirosos!

Os dois, que se limitavam a estudar na PUC, fumar maconha e usar o carro do pai, se levantaram a contragosto.

– O que é que há, velho?

– Reunião de família.

Todo mundo na sala. Mulher e filhos, em volta da mesa, Cabelinho, lágrimas escorrendo pelo rosto, perguntou:

– Quem são vocês? O que fazem aqui?

A mulher, tentando manter a calma e esconder o medo, respondeu:

– Deixa de bobagens. Sou tua mulher e eles são os teus filhos.

– Que filhos? Não conheço nenhum deles. Quando volto para casa, eles não estão, e quando saio de manhã, estão dormindo. Não conheço esses parasitas.

– Mas...

– Não tem mas nem meio mas. E quem disse que o sujeito tem de casar, ter filhos? Quem disse que a mulher tem de trabalhar e a empregada empregadar? Quem disse que tenho de ser parasitado desde os vinte anos como uma árvore que não pode se defender?

Dito isso, de cuecas como estava, foi até a porta do apartamento e depois de abri-la, ainda chorando, deu um sorriso e disse:

– *Adieu!*

Fechou a porta atrás de si, tomou o elevador e saiu à rua. Mal pôs os pés na calçada, o edifício onde morava desabou:

– Benfeito!

No meio do tumulto que se seguiu, no meio dos escombros, ninguém notou aquele homem de cuecas que enchia um saco de aniagem com pedras portuguesas. Saiu andando pela Avenida Copacabana, com o saco nas costas. Como a cueca era uma sunga verde, não chamou a atenção de ninguém até passar em frente a uma agência da Caixa Econômica Federal. Aproveitou que o sinal de trânsito estava fechado, foi até o meio da rua, meteu a mão no saco e começou a jogar pedras contra o prédio, enquanto gritava:

– Mentirosos escrotos, vocês nunca emprestaram dinheiro para pobre algum construir uma casa. Trabalho há mais de trinta anos e nunca recebi um puto emprestado!

O carioca que, segundo os paulistas, acorda mais cedo para ter mais tempo para não fazer nada, aproveitou para dar vazão ao seu espírito crítico:

– É isso mesmo, Cabelinho, taca pedra!

Logo juntaram-se ao homem bem-apessoado, de sunga e brilhantina no cabelo, meia dúzia de moleques que passaram a apedrejar a agência bancária.

Um camburão levou-o para o distrito mais próximo. O delegado, um senhor baixinho e exceção à regra pois muito gentil, logo percebeu que Cabelinho não era um marginal comum. Mandou que o conduzissem ao seu gabinete, onde ele fez questão de ficar de pé, embora o policial lhe houvesse oferecido uma cadeira.

– O senhor é louco? Fugiu de algum hospício?

– Não sei se sou louco, mas sei que sou um homem.

– Por que jogava pedras contra a Caixa Econômica?

– Primeiro, porque era perto de casa, e segundo, porque foi o modo que encontrei para contestar a realidade mentirosa que vêm tentando me afogar desde que nasci.

– E por que anda por aí de sunga?

– Porque sou um homem e quero me mostrar por inteiro. Só não ando nu em respeito às senhoras idosas. O senhor vai me prender?

– Por quê?

– Por ter feito desabar o edifício da Santa Clara, onde morava.

– Ah, foi o senhor o responsável?

– Fui, pois descobri que as estruturas familiares estavam podres e não tomei uma atitude antes.

O delegado, que já sabia ser o responsável pelo desmoronamento do edifício um deputado-engenheiro-ladrão que misturara cuspe, urina e até mesmo cascas de ovo de galinha na preparação do cimento, limitou-se a ordenar que guardassem o Cabelinho numa cela cheia de desgraçados, a maioria pretos e bêbados. Pobres, todos, naturalmente.

Ficou quieto, de pé, num canto da cela, por quase uma hora. Num determinado momento, porém, um negrão parrudo, com mais de cem quilos, começou a bater num travesti mirradinho que se engraçara com ele. Cabelinho decidiu intervir.

– Pare de bater na moça, seu canalha!

O negrão ficou tão espantado que parou. Cabelinho foi em frente.

– Será que você não sabe, seu escroto, que o cérebro humano é o aparelho mais sofisticado do planeta? Que é capaz de fazer mais ligações num segundo do que todos os sistemas telefônicos do mundo reunidos? O cérebro humano não foi feito para levar porradas!

Mal acabou de falar, o negrão, mais conhecido como Praga de Mãe, e o travesti Charlotte Chanteclair passaram a surrar o Cabelinho – pois em briga de marido e mulher ninguém mete a colher – e só pararam quando ele desmaiou.

À tarde, depois de mandar medicá-lo, o delegado tentou descobrir a sua identidade. Como se negasse a informá-la, encaminhou-o ao Hospital Pinel.

– O senhor vai ver, seu Cabelinho, que logo, logo ficará bom.

– Se ficar bom é o que suspeito que seja, prefiro continuar louco. De qualquer modo, muito obrigado, o senhor é um homem de bem.

No Pinel obrigaram-no a vestir uma roupa. Na hora do jantar, porém, negou-se a comer.

– E é com os impostos que eu pago que vocês compram esta lavagem? Eu sou um homem, não sou um porco.

Na manhã seguinte, roubou um saco vazio de guardar roupa suja, e passou pela portaria sem que ninguém lhe desse atenção. Um louco a menos não faria diferença. Numa rua de Botafogo, cuja calçada estava esburacada, Cabelinho encheu o saco de pedrinhas portuguesas. Teve uma tarde cheia. Passou por uma dessas empresas que vendem planos de seguro-saúde e tacou pedra:

– Canalhas, mentirosos! Deixei de pagar um dia, depois de quinze anos, e a minha mãe teve de ser internada como indigente!

A sinceridade de Cabelinho, a honestidade da sua ira, jamais deixavam de impressionar os passantes que logo se juntavam a ele no apedrejamento. Na hora da maior confusão, Cabelinho dava um jeito de se escafeder com seu saco. Num mesmo dia apedrejou o Departamento de Trânsito, a Câmara dos Vereadores, o Ministério da Justiça, sempre com muito sucesso, para não falar dos aplausos dos transeuntes. Só se deu mal ao passar pela Avenida General Justo, onde o presidente da República, que chegara de Brasília num jatinho da Aeronáutica, se aproximava da limusine negra em companhia da sua *entourage*, cercado de repórteres. Cabelinho subiu numa árvore de onde pôde ver o homem falar. Ele dizia aos jornalistas:

– O presidente está preocupado com o problema do desemprego.

Ao ouvir isso, Cabelinho não aguentou e começou a berrar:

– Mentiroso escroto! Você disse que resolveria o problema do desemprego quando se elegeu! E agora, no fim do mandato, vem dizer que está preocupado!!!

Enquanto falava, jogava uma saraivada de pedras contra a limusine.

– Vendeu a Vale do Rio Doce por bilhões de dólares e não comprou uma cama decente para um hospital. Entreguista safado!

Uma das pedras teria atingido o presidente se um jornalista, ex-comunista, hoje sabujo e comentarista de televisão, não houvesse se metido na frente e recebido o petardo no meio da testa. O presidente aproveitou para embarcar no carro e mandar o motorista seguir para o Palácio Laranjeiras. Os repórteres o acompanharam nos respectivos carros de jornais, revistas, estações de TV e emissoras de rádio. Três seguranças, entretanto, tinham detectado a árvore de onde haviam sido jogadas as pedras.

– Desce daí, rapaz. Não vamos te fazer mal.

E Cabelinho:

– Eu sou um homem, ouviram? Fui feito à imagem e semelhança de Deus. Não minto nunca. Vocês mentem?

– Não, nós também não mentimos nunca – mentiram os mentirosos.

– Posso confiar? Olhem que homem de verdade não mente.

– Pode confiar.

Cabelinho desceu e levou a maior surra que um homem indefeso pode levar de três gorilas com mais de trezentos quilos de músculos.

Chegaram a pensar em levá-lo para o xadrez da Aeronáutica, mas acabaram decidindo colocá-lo num carro e deixá-lo ensanguentado e sem sentidos num terreno baldio da Via Dutra.

Numa sociedade onde o salário mínimo não é suficiente para alimentar um cão por um mês, numa sociedade em que os pobres são tratados como animais e vivem em casas de cachorro, numa sociedade em que o homem é educado para a violência e estratificado na miséria, é espantoso que exista uma gente tão gentil, cortês, educada como a gente carioca. Foram três representantes dessa sociedade que encontraram Cabelinho no terreno baldio. Tantas fizeram que acabaram conseguindo uma ambulância que o levou para o Hospital Souza Aguiar, no Centro da cidade, onde deu entrada com fratura no crânio, o rosto cheio de hematomas, o braço esquerdo e duas costelas quebradas. Ficou em coma por uma semana, entre a vida e a morte. Certa manhã acordou com um braço engessado e a cabeça enfaixada.

Uma voz feminina muito bonita perguntou-lhe:

– Como o senhor está se sentindo?

Cabelinho viu o gesso no braço e passou a mão pela cabeça:

– Aparentemente, mal.

– Quem é o senhor?

Só agora começava a distinguir o rosto da moça: morena, trinta e poucos anos, bons dentes, belo sorriso, olhos brilhantes. De bem com a vida, vestia um avental branco.

– Sou um homem.

– Isso eu sei – respondeu ela sorrindo. – Como é o seu nome?

Cabelinho fez um esforço que chegou a lhe causar dor física, na tentativa de lembrar o nome. Finalmente disse:

– Cabelinho.

– O que é que o senhor faz, senhor Cabelinho?

– Sou o Vingador que Apedreja. Ou o Anjo Apedrejador, não estou certo.

– O senhor tem família?

– Acho que a minha família morreu quando a estrutura familiar desmoronou. Aliás, na ocasião, morreram várias famílias cujas estruturas também estavam condenadas.

– Compreendo – disse a jovem mulher que não estava compreendendo nada. – Mas me diga uma coisa, quem foi que tentou matá-lo?

– Os asseclas do presidente da República.

A psiquiatra Piedade Bauer podia não ser a melhor profissional da sua área, mas era dedicada e estava no ramo tempo suficiente para reconhecer um louco quando via um. Por outro lado, embora casada e mãe de uma adolescente, também sabia se impressionar quando se deparava com um louco que, além de parecer inteligente, era bonito. De qualquer modo, chamou um maluco calmo que fazia as vezes de ajudante de enfermeiro e pediu que lhe aplicasse uma injeção sedativa.

O maluco-auxiliar de enfermagem, um mulato que ria meio de lado, se aproximou da cama e foi logo dizendo ao paciente:

– O senhor, com essa cara, se não for norueguês é cearense.

Cabelinho virou-se para a médica:

– A senhora acha sensato permitir que este indivíduo me aplique injeção? Gostaria de registrar...

Adormeceu no meio da frase.

Cabelinho passou os quinze dias seguintes vivendo em função das visitas matinais de Piedade. Ela tentou de todos os modos fazer com que ele se recordasse da sua vida pregressa. Mas, depois de ter sido espancado quase até a morte pelos homens do presidente, aparentemente a amnésia se instalara solidamente dentro do seu cérebro. Lembrava-se que tivera uma família, que seu apelido era Cabelinho, que era um anjo apedrejador, que gostava de brilhantina, que o presidente da República ordenara a sua morte e que não mentia nunca. Ela também se afeiçoou a ele:

– Você é um homem tão bonito e inteligente. Por que este apelido ridículo?

– Pode me chamar de Anjo Apedrejador.

– Anjo Apedrejador, não. Vou te chamar de Ângelo. – Fez uma pausa. – Soube que você andou pedindo brilhantina. Não faça isso. Você tem cabelos louros tão bonitos.

Cabelinho se apaixonou, parou de usar brilhantina e virou Ângelo. Quando não estava seguindo a psiquiatra pelos corredores do Souza Aguiar como um cão fiel, ficava batendo papo educadamente com os outros pacientes. Infelizmente, sua mania de dizer sempre a verdade criou-lhe alguns problemas:

– Mas que berruga feia, rapaz!

– A senhora sabe que fede um pouco?

– Ouvi dizer que vão cortar o teu testículo direito.

Nem Piedade escapava.

– Você é bonita, mas tem os seios muito pequenos.

Andava sempre limpo, barbeado e sorridente. Quando Piedade chegava para conversar na tentativa de fazê-lo recuperar a memória, ele perguntava invariavelmente:

– Não estou bonito?

– Está.

– É por tua causa, que é a mulher mais querida do mundo, apesar dos seios pequenos. Aliás, você é tão bonita que nem parece ser humano.

Certa manhã, Piedade não apareceu. Nem na manhã seguinte. Desesperado, Cabelinho perguntava a todos sobre o paradeiro do seu anjo, mas ninguém lhe dava notícias. Ou porque não sabiam, ou porque sabiam e não queriam informá-lo ou, finalmente, porque não estavam a fim de dar trela a psicótico. No terceiro dia, depois que se certificaram de que ele estava bem, lhe deram uma roupa – *blue jeans*, uma camisa sem gola, cuecas, um par de sandálias havaianas – e o mandaram passear.

No futuro, alguém lhe perguntará sobre a sua preferência por pedras portuguesas e ele responderá:

– Esteticamente, são perfeitas e além disso machucam menos.

E por falar em pedras portuguesas, menos de uma hora depois de sair do hospital, Cabelinho já estava de volta com um saco cheio delas. Lágrimas rolando pela face enquanto jogava as pedras contra o hospital, berrava:

– Quero o meu anjo! Onde está o meu anjo?

Punham-no para correr, mas no dia seguinte lá estava ele de volta. Aparentemente dormia no Campo de Santana onde, à noite, confessava a uma capivara o seu amor pela psiquiatra. Durante o dia, esmolava de modo singular.

– O senhor poderia me dar dinheiro para comprar um pão e um copo de leite? São 75 centavos.

– Tome um real.

– Não tenho troco.

– Não faz mal.

– Gostaria que o senhor fosse comigo até a padaria ali na esquina para ver que não sou cachaceiro. Sente o bafo. Eu sou louco, mas não minto.

– Não tenho tempo.

– Então me dá uma moeda qualquer que eu inteiro com o dinheiro de outra pessoa de bem.

No terceiro dia, quando já se preparava para apedrejar o hospital, um enfermeiro correu até ele:

– Cabelinho, a doutora Piedade foi transferida para o Hospital de Murici.

– Verdade? Olha que homem não mente.

– Verdade.

As lágrimas se misturaram ao sorriso de felicidade.

– Obrigado, muito obrigado. Você restaurou a minha fé na espécie humana. Agora tenho de ir, pois os homens do presidente querem me matar.

Os deuses enlouquecem os homens que querem destruir e inventaram a dor para fazê-los desejar a morte. Mas por que os deuses quereriam destruir um homem bom, justo, amável, sincero e até bonito, como Cabelinho? Terá sido porque descobriu-se uma pedra infinitesimal num tabuleiro doido, acima da sua compreensão? Terá sido porque se rebelou contra um contrato social que lhe permitia tudo menos ser ele mesmo? Ou os deuses teriam enlouquecido o nosso herói para poupá-lo das dores, das humilhações, da fome e das vergonhas que sofreu durante todo o ano em que andou pela cidade do Rio de Janeiro e por todo o estado, em busca de Piedade? E, principalmente, por que o presidente da República, amado como um deus pelos meios de comunicação, teria ordenado a sua morte?

Cabelinho andava pelas ruas do Centro do Rio, carregando seu saco de pedras portuguesas e perguntando aos passantes, com toda a delicadeza do mundo, onde ficava Murici, pois precisava ver o seu anjo. Foi preso por vadiagem e, depois de levar uma surra, trancado numa fétida cela da delegacia da rua do Lavradio. Foi espancado pelos presos que queriam sodomizá-lo. Dentro do seu cérebro as peças, que já não se encaixavam bem, se embaralharam completamente. Desmaiado a um canto, o rosto todo ensanguentado, só não o estupraram porque outro prisioneiro, pai de santo que todos temiam, entrou em transe e lhes disse:

– Este é meu filho unigênito e aquele que crer nele não perecerá, mas terá a vida eterna. Ai do filhodaputa que tocar num só fio dos seus cabelos, pois este arderá no inferno por toda a eternidade.

Duas noites depois, a delegacia pegou fogo. As portas da cela, porém, estavam podres e não resistiram ao esforço conjunto dos prisioneiros que acabaram por derrubá-las. Os policiais já haviam escapado há muito tempo, o pai de santo morrera asfixiado pela fumaça e Cabelinho, trôpego, seguiu os marginais. Como acreditavam que ele era um deus ou, no mínimo, um anjo como se declarava, levaram-no para o Morro da Formiga onde o fizeram beber cachaça, fumar maconha e cheirar pó. Mais doidão do que já era, Cabelinho revelou aos companheiros que o presidente da República queria a sua morte.

– Vamos matar esse safado! – sugeriu um deles.

– Tá doido, cara! Ninguém chega perto do homem.

– Então vamos assaltar a casa daquele deputado de Nova Iguaçu que me prometeu uma dentadura e nunca mais apareceu aqui no morro. Se ele estiver lá, nós mata ele. É quase como se fosse o presidente.

Na madrugada do dia seguinte, Ratão, Tinhoso, Romário, Chulé, Russo Louco e o Anjo, como chamavam Cabelinho, se esgueiravam junto ao imenso muro da mansão do deputado.

– O que é que vamos fazer aí dentro? – perguntou Cabelinho.

– Roubar e matar o cara que é quase presidente – disse Chulé.

– Eu não – disse Cabelinho, que durante a fuga recuperara o seu saco de pedras portuguesas do qual não desgrudava. – Eu não minto, eu não roubo. A César o que é de César.

– Mas o cara, dono do palácio aí, nem se chama César.

– Pode ser, mas eu não roubo.

– Quer saber de uma coisa? – disse Ratão, que se parecia com um ratão. – Tu é um anjo de merda, sabe? Bebe da nossa cachaça, fuma da nossa maconha, cheira o nosso pó, dá a ideia do assalto, e agora quer tirar o cu da reta! – E voltando-se para os outros. – Vamos dar um pau nesse anjo de araque.

Depois de algumas porradas, Cabelinho conseguiu fugir. Os outros cinco foram abatidos a tiros pelos seguranças do deputado e desovados em Nilópolis. *A Notícia* deu uma nota em uma coluna com o seguinte título: "Presuntada na Terra da Beija-flor".

* * *

Nos meses que se seguiram, Cabelinho vagou por todo o Estado. Deixou de tomar banho, deixou de fazer a barba, roubaram-lhe as havaianas e perdeu quatro dentes graças ao pouco que comia e às surras que eventualmente apanhava. Passava por cidades, vilas, aldeias, balneários, cantando sempre a mesma música:

> "Nesta rua, nesta rua tem um bosque/ que se chama, que se chama solidão/ Dentro dele, dentro dele mora um anjo/ que roubou, que roubou meu coração."

Magro e assustador, já não lembrava nem do apelido, Cabelinho. Sabia apenas que queriam matá-lo e que para não morrer precisava encontrar o seu anjo. Os moleques jogavam pedras nele, mas ele já não ligava. As poucas pessoas que paravam quando as abordava tratava com respeito e gentileza.

– Sou um anjo e estou perdido. Será que o senhor poderia me dar 75 centavos para eu comprar um pão e um copo de leite?

Às vezes colava, outras não. Passou a comer das latas de lixo, procurando incomodar o menos possível. Só se enfurecia quando passava por algum hospital ou por um prédio que considerasse hospital. Invariavelmente, se afastava alguns passos e começava o bombardeio de pedras portuguesas:

– Onde está o meu anjo? Eu quero o meu anjo!

Quando as pedras portuguesas escasseavam, voltava à noite ao local do ataque e as colocava novamente no saco. Às vezes era preso, às vezes, não. Às vezes apanhava, às vezes conseguia fugir.

Suas roupas eram farrapos, sua barba, longa, suja, sebenta. Uma aparição tétrica, desagradável, verdadeiramente assustadora. Exceto pela voz que parecia tornar-se mais suave a cada dia. No Hospital de Murici, onde chegou quase um ano depois de ter deixado o Souza Aguiar, alguém ficou com pena dele e lhe disse que Piedade fora transferida para o Hospital de Nossa Senhora do Bonsucesso, em Niterói. Tinha uma vaga lembrança de onde ficava Niterói e para lá se encaminhou, sempre cantando a mesma canção de roda. Numa terça-feira de carnaval, ao passar por São Gonçalo, depois de pedir pão numa casa em cujo pátio brincavam algumas crianças, informou-as de que era um anjo. Uma garotinha de seus sete anos se aproximou dele e disse:

– Você não parece um anjo.

– A anjice está no coração, minha filha.

A menina pediu que ele esperasse um pouco e foi falar com um menino de 12, 13 anos, seu irmão. Conferenciaram por alguns minutos, a garotinha entrou na casa e voltou com uma sacola. Dentro, havia uma fantasia de anjo que seu irmão usara no ano passado e que consentira em dar ao vagabundo.

– Vista isso – disse a menininha. – Assim todos vão saber que você é um anjo.

Os olhos de Cabelinho brilharam de alegria ao ver o lençol onde alguém costurara duas asinhas de cartolina e algodão. Havia uma abertura para enfiar a cabeça. Vestiu o lençol com as asas ridículas, cambaias, que pareciam ter vergonha da própria existência, agradeceu muito e saiu, cantando, carregando o saco de pedras portuguesas, em direção a Niterói.

Agora, tinha certeza, ninguém mais duvidaria dele.

Foi vestido de anjo que chegou em frente do portão do Hospital Psiquiátrico de Nossa Senhora do Bonsucesso. Foi até o meio da rua, começou a jogar pedras e a gritar:

– Quero o meu anjo! Onde está o meu anjo!

Desta vez, mais de um ano depois, o anjo apareceu. Estava estacionando o carro em frente ao hospital. Assim que a viu, Cabelinho correu em sua direção. Atirou-se a seus pés, lágrimas escorrendo pela face. Piedade, assustada, só o reconheceu pela voz:

– Meu anjo, meu anjo! – dizia Cabelinho, beijando os sapatos da psiquiatra. – Por que você me abandonou?

Três seguranças vieram correndo e já se preparavam para afastá-lo, quando Piedade lhes disse:

– Não se preocupem. É um amigo meu.

E Cabelinho:

– Esses são os homens do presidente que querem me matar!

– O que é isso, Ângelo! Não confia mais em mim? Pode ir com eles que daqui a pouco eu falo contigo – disse a médica.

Os seguranças conduziram o homem alto, magro, barbudo e de olhos tristes, que procurava manter um pouco de altivez, ao Núcleo de Atenção Psicossocial onde lhe deram um coquetel de calmantes. Não precisavam. Cabelinho estava cansado de lutar, de sofrer, de fugir, de ser espancado. Reencontrara o seu anjo e isso era tudo o que queria da vida.

Fizeram uma faxina no seu corpo. Por cinco vezes tiveram de reencher água da banheira. Com a ajuda de um escovão e uma dúzia de sabonetes de eucalipto, conseguiram desgrudar um quilo de poeira da sua pele. Cortaram seu cabelo e levaram quase uma hora para raspar-lhe a barba. Jogaram fora o lençol encardido no qual as duas asinhas insistiam em permanecer costuradas. A pedido de Piedade, deram-lhe um terno que ele mesmo escolheu entre as roupas doadas à instituição. Ganhou ainda cuecas, meias, sapatos, uma camisa social e uma gravata. Para espanto de médicos, enfermeiras, loucos e funcionários em geral, Cabelinho, apesar do cabelo mais grisalho e dos quatro dentes (nenhum frontal) que lhe faltavam, continuava sendo um homem extremamente atraente.

Ao se olhar no espelho pela primeira vez desde que saíra de casa, Cabelinho apontou para a própria imagem.

– Conheço este homem. É um homem de bem.

Cabelinho comeu cinco pratos de macarrão e adormeceu sobre a mesa do refeitório. Foi levado até uma cama onde dormiu por quatro dias. Depois disso, acordou, fez suas necessidades, tomou banho, se barbeou, escovou os dentes, passou pomada Minâncora debaixo dos braços e, no rosto, uma água-de-colônia providenciada pela doutora Piedade. Depois disso pôs meias, vestiu as cuecas, pôs a camisa, a gravata, as calças, os sapatos e finalmente o paletó. Fez isso tudo sem a ajuda de ninguém e fez exatamente na ordem descrita como se obedecesse a um ritual registrado em alguma parte do seu cérebro obscuro. Depois foi passear no pátio. Sentou-se num banco e começou a ler um jornal velho. Imediatamente sentiu cólicas no estômago. Largou o jornal e as dores passaram.

Um enfermeiro o cumprimentou pelo nome que a doutora Piedade lhe fornecera.

– Bom dia, doutor Cabelinho.

– Perdoe, mas meu nome não é Cabelinho e desconfio que não sou doutor. Meu nome é Ângelo. Você sabia que o rato roeu a roupa do rei de Roma?

– Não.

– Pois roeu, embora Roma não tenha um rei e se tivesse andaria nu.

– Interessante. A doutora Piedade quer falar com o senhor.

– Pois falemos com ela – disse Cabelinho, tentando demonstrar naturalidade. – E seguiu o enfermeiro. Bateu na porta.

– Pode entrar.

Abriu a porta e lá estava ela, linda e gentil como sempre.

Bem que Cabelinho esforçou-se para não chorar, mas as lágrimas desciam pelo seu rosto; um rosto de ser humano. Jogou-se aos pés da médica:

– Meu anjo, por que me abandonaste?

– Não te abandonei, Ângelo. Mentiram para você. Agora, se levante e sente naquela cadeira.

Obedeceu como um menino bem-educado. Piedade continuou:

– Preciso esclarecer algumas coisas com você. Primeiro, eu não sou teu anjo. *Você* disse que era um anjo. Um anjo apedrejador.

– Não apedrejo mais.

– Por quê?

– Porque te encontrei. Meu nome é Ângelo.

– E o Cabelinho?

– Nunca ouvi falar. Deixa eu te dar um beijo?

– Não. Você precisa entender, Ângelo, que é um homem agradável, inteligente, bonito e eu sou sua amiga. Você apareceu todo fraturado no Souza Aguiar e agora precisa de assistência psicossocial.

Ângelo levantou-se e se aproximou da mesa da psiquiatra.

– Espere um pouco, por favor. Quer dizer que você não me ama como eu te amo?

– Não, eu gosto de você, mas sou casada, tenho um marido e uma filha. Eu sou sua médica.

– Mas você vinha me visitar todos os dias.

– Claro, eu sou sua médica. Visitava não só você como todos os pacientes da enfermaria.

– Mas por que não me disse que não me amava? Por que não me disse que não era um anjo? Teria evitado tanto sofrimento.

– Então, me diga honestamente – disse a psiquiatra, com todo o cuidado, pois tratava-se de uma pergunta perigosa e, mesmo contra a vontade, se sentia atraída pelo maluco. – Você realmente me ama?

– Não.

– Mas amava até há pouco tempo!

– Amava enquanto pensei que você me amasse.

– Então, somos amigos?

– Amigos – disse Ângelo e lhe estendeu a mão que ela apertou calorosamente. – Posso cheirar o seu pescoço?

– Por quê?

– Só para ver se é o mesmo perfume com o qual sonhei todas as noites quando era um anjo perdido.

– Pode.

Cheirou, a uma certa distância, com todo o respeito, o pescoço da psiquiatra.

– Claro que eu não posso te amar mais. Você mudou de perfume. – Fez uma pausa enquanto olhava para o chão. – E o que é que vocês pretendem fazer comigo? Não podem me mandar embora para aquele hospício lá fora. Você sabe muito bem que o presidente da República quer me matar.

– Não vamos mandá-lo embora. Você vai ficar aqui para ser examinado. Eu e outros médicos vamos tentar descobrir a sua identidade, o que você fazia antes de ser espancado. Você deve ter uma família...

– Morreram todos quando a estrutura familiar ruiu.

– De qualquer forma, precisamos verificar. Você deve ter uma profissão, amigos...

– Se já tive, devia ser tudo muito chato, família, profissão, amigos, pois não lembro de nada.

Sempre bem-vestido, educado e gentil, Ângelo passou a ser uma espécie de auxiliar da doutora Piedade. Aprendeu a fazer curativos, dar injeções e até mesmo palpites.

– Piedade, acho que o Febrônio é psicótico, exatamente como eu.

– Não, ele é esquizofrênico.

Um dia, ao descobrirem que tinha intimidade com os números, passou a ajudar também na administração. Com o tempo virou uma espécie de contínuo de luxo. Não bebia, não fumava e suas necessidades eram mínimas. Recebia gorjetas com muita altivez, mas não aceitava mais do que cinquenta centavos:

– Seria um roubo. Não sou ladrão e não minto nunca.

E não mentia mesmo. Dizia verdades agradáveis e desagradáveis com a mesma naturalidade. Piedade tentou explicar-lhe que existem verdades que não precisam ser ditas. Mas isso ele não entendeu. Um dia entrou no gabinete dela e foi logo dizendo:

– Vou embora, pois há um ladrão aqui dentro.

– O que foi que aconteceu?

– Guardei minha sacola com as pedras portuguesas no depósito e ela não está mais lá.

– E para que você quer as pedras? Afinal, não é mais um anjo apedrejador.

– Elas têm uma importância simbólica muito grande para mim.

A sacola com as pedras foi encontrada e recolocada no lugar.

Ângelo estava há quase três meses no hospital quando uma jovem e bela mulata clara, de olhos verdes, deu entrada. Fora presa no túnel Rebouças jogando pedras contra os automóveis. Quando entrou no gabinete de Piedade, tremia como um passarinho molhado. A psiquiatra sorriu para ela:

– Não precisa ficar assustada. Você está entre amigos. Qual o seu nome?

A mulata ficou alguns minutos em silêncio. Quando se certificou de que não corria perigo, pôs a mão espalmada contra o peito, levantou a cabeça e disse, altiva – voz clara e sonora:

– Sou a princesa Priscila de La Vega de La Voura.

– E onde você mora?

– Avenida Atlântica, 800.

– Qual apartamento?

– Sou proprietária do edifício.

– Tem filhos?

– Noventa.

– Noventa?

– Isso mesmo, mas não fique triste, a senhora também pode ter noventa filhos.

Em verdade, chamava-se Maria Auxiliadora. Fora criada por uma família rica, mas acabara sendo uma empregada doméstica sem salário. Adquirira todos os trejeitos da patroa que ela chamava de mãe, e que a mandou embora quando engravidou. Perdeu o filho quando foi atropelada por um automóvel, razão pela qual jurara acabar com todos eles a pedradas.

Piedade conversou com Ângelo sobre o novo caso. Ao saber que a mulata também era uma apedrejadora, seus olhos brilharam. Encontrou-a no pátio.

– Muito prazer, meu nome é Ângelo.

A mulata olhou-o com certo desdém:

– Princesa Priscila de La Vega de La Voura.

– Soube que estamos no mesmo ramo.

– Que ramo?

– Apedrejamento.

– Para mim, não passa de um *hobbie*. Em verdade, prefiro bridge.

– Olha, mentir é muito feio. Teu nome é Maria Auxiliadora e você...

A mulata levou as mãos aos ouvidos.

– Pare! Pare! Não quero ouvir.

– Mas é verdade.

– Não suporto verdades. Só quero ouvir mentiras nas quais eu possa acreditar.

– Olhe, eu mesmo já acreditei que era um anjo. Hoje sei que sou um psicótico maníaco-depressivo.

– Pois eu sou uma princesa. Se quiser falar comigo deve se dirigir a mim de modo condizente.

– Está bem, mas será uma mentira consentida que, em sendo consentida, transforma-se em verdade no momento em que é enunciada.

Apaixonaram-se. Ele, dizendo sempre a verdade e ela mentindo sempre. Faziam amor no depósito onde Ângelo era uma espécie de administrador. Um dia confessou a Piedade:

– Piedade, preciso te dizer uma coisa.

– O que é, Ângelo?

– Acho que eu não devia mais trabalhar tanto contigo.

– Por quê?

– Afinal de contas, sou casado com a princesa Priscila e as pessoas podem maldar. Além disso, minhas responsabilidades aumentaram. Arranjei um cargo para mim, aqui no hospital.

– E seria?

– Serei o porteiro de fora. Ajudo a estacionar os veículos, recebo os recém-chegados, presto informações. Mas já vou alertando: não aceito menos que meio salário mínimo. Quero que a princesa se orgulhe de mim.

E foi assim que Ângelo tornou-se o porteiro oficial do hospital. Trabalhador incansável, sempre pronto a prestar um favor, os médicos gostavam dele e no fim do mês cada um contribuía para o seu meio salário mínimo. Mas Ângelo não perdera a mania de dizer sempre a verdade. Às vezes, quando estava mais atacado, dirigia-se aos passantes:

– A senhora é louca? Se for, posso lhe recomendar este hospício que é de primeira qualidade; quase um hotel cinco estrelas, e não custa nada.

– O senhor parece louco.

– Em verdade o sou, mas inofensivo, tanto que estou em função oficial aqui do lado de fora.

Eu poderia acabar esta história aqui com um *happy end*. Mas, infelizmente, isso não aconteceu. Quis Nêmesis ou a fatalidade, como preferirem, que um médico recém-chegado da Inglaterra, com todos os peagadês do mundo, substituísse o antigo diretor que se aposentara. O doutor Femando Henrique Jabir estava mais para burocrata do que para poeta. Em vez de tratar os pacientes como seres humanos, tratava-os como malucos. Em vez de entrar nos seus delírios, fazendo-os ver a realidade aos poucos, dera ordem aos psiquiatras para não perderem tempo com esse tipo de tratamento. Uma das primeiras coisas que fez foi transferir a princesa Priscila para um hospital em Santa Cruz. Graças aos maus-tratos e aos cortes abruptos nas ilusões dos alienados, não passava semana sem que um não se suicidasse. Em pouco tempo conseguiu ser odiado por todos e inclusive pela mulher, uma escocesa que trouxera da Inglaterra e que, além de ser bela e ter um ar de Joana D'Arc (não o ar da própria que certamente era maluca, mas o ar de Ingrid Bergman no papel), era ninfômana.

De coração partido, Ângelo implorara ao doutor Jabir para que não transferisse a sua princesa. Em vão. O diretor o correu do seu gabinete. Apoiado na sua mania de dizer sempre a verdade, Ângelo tornou-se um microrrevolucionário. Sempre que o diretor chegava, recebia-o com uma verdade:

– Bom dia! Barriguinha feia, hein doutor?

– Bom dia! Deve ser horrível ser baixinho desse jeito!

– Bom dia! A cada semana que passa, o senhor fica mais careca.

O diretor resolveu acabar com o cargo de porteiro externo, mas Ângelo tornara-se indispensável a todos e além disso era protegido de Piedade, a mais respeitada psiquiatra da casa. Ângelo permaneceu no posto e, depois dos primeiros suicídios, passou a anunciar aos transeuntes:

– Os loucos estão se suicidando.

Nesse dia, quis o destino que a esposa do diretor fosse visitá-lo. Encontrou Ângelo do lado de fora lendo *Catch 22*, de Joseph Heller, em inglês. Ela, que já havia reparado no maluco que sempre gritava à sua passagem "Mais bela do que nunca", dirigiu-se a ele em inglês:

– Não sabia que você falava inglês.

– Nem eu – respondeu ele em inglês razoável –, até encontrar este livro. Não há dúvida de que os malucos estão do lado de fora.

Somente após uma semana, alguém comentou com o dr. Jabir que Ângelo anunciava às pessoas que passavam pela rua que o hospital se transformara numa casa de horrores, onde os pacientes se suicidavam. Mandou chamá-lo ao seu gabinete.

– Então, seu filhodaputa, que negócio é esse de ficar difamando o hospital que dirijo?

– Devagar com a louça porque eu nem sei se sou mesmo filhodaputa. E além disso, não estou difamando ninguém.

– E por que anda dizendo que os pacientes se suicidam?

– Porque é verdade e eu não minto nunca.

– Você é um mentiroso filhodaputa.

– Já disse que não conheço a minha ascendência, mas quanto a ser mentiroso, isso não.

– Mentiroso, sim. E além de mentiroso, um pobre diabo, rebotalho da escória humana.

Aquilo doera. Marcando bem as palavras, Ângelo disse com muita calma:

– Sabe que o senhor me parece um pouco, mais ou menos, grandessíssimo tirano? E, além de tudo, corno.

O médico, baixinho, gordo, careca, tirano, filhodaputa e corno, suava e tremia de raiva.

– Do que é que você me chamou?

– De corno, e não chamaria se não fosse verdade. Já fiz amor com sua mulher, dona Laureen, três vezes. Não é nenhuma princesa Priscila, mas felaceia como ninguém. Aliás, é felaceia ou felacia?

O médico apertou uma campainha e, apoplético, mandou que os seguranças metessem Ângelo dentro de uma camisa de força. Na manhã seguinte, o ex-contador do Banerj foi encontrado morto em sua cama. Teria se suicidado com uma overdose de heroína. Logo ele que nem tocava em álcool, imaginem qualquer coisa mais forte! Laureen acusou o marido de ter ordenado a morte de Ângelo. Mas como o país se chama Brasil e o doutor Fernando Henrique Jabir é rico, o escândalo foi rapidamente abafado.

O PASSARINHO

Venho tentando explicar isso há muito tempo: sempre que uma mulher tem um filho, entra em processo de auto-hipnose para suportar a dor do parto. O mesmo acontece com o bebê. É neste momento que a mãe implanta na criança o que alguns estudiosos já chamam de *impressão maternal*, uma espécie de impressão digital mais ampla – pois que de alma se trata – e que regulará a sua vida. Ocorre que alguns bebês não saem do transe hipnótico. Passam pela vida sem sentir dor física. São autistas, não têm consciência do próprio eu e não conseguem se comunicar com o mundo exterior a não ser através de truques que eles mesmos inventam. Algumas dessas criaturinhas, porém, estão tão cheias de amor, tamanha é a sua ligação com a terra e tudo que ela tem de belo, tanto querem se comunicar que acabam por consegui-lo de uma forma ou outra. Lendas que ultrapassam a compreensão do tempo informam que esses seres nasceram mamíferos por engano, pois deveriam ter nascido passarinhos. A parte passarinho instalada no bebê é a que tenta se comunicar com o mundo exterior. Há quem diga que os passarinhos nada mais são do que répteis que um dia decidiram voar, mas contam as lendas que as crianças-passarinho são as que mais mexem com o coração de Deus.

Certa vez, no Rio de Janeiro, ouvi a discussão entre dois médicos – doutores Vladimir e Estragon – depois de uma operação durante a qual tentaram salvar a vida de uma adolescente, sem sucesso. Ambos belos seres humanos, mas Vladimir, o mais jovem e magro, carregava muita mágoa. Chorara de frustração no banheiro. Enquanto lavava as mãos, dizia para Estragon:

– Porra, rapaz, às vezes penso que se Deus existisse alguém teria de matá-lo. É muita maldade, muita violência, muita injustiça!

O gordo mais velho replicava:

– Mas o homem vem tentando matar Deus desde que o criou.

– Ah, te peguei – disse o mais jovem. – Você falou "desde que o criou". Isso significa que, para você, Deus é uma criação do homem.

– O fato de ele ser uma criação do homem não significa que não exista. Vamos tomar uma cerveja.

Já no bar, na Rua Gomes Freire, perto do Hospital do Câncer, bebendo cerveja, o magro, mais nervoso, disse ao gordo calmo e bonachão.

– O que é que você quis dizer com aquilo?

– Aquilo o quê?

– Aquela história de que Deus pode existir mesmo sendo criação do homem.

– Ora, é simples. Se o homem tem a capacidade para criar Deus, pelo menos para ele este Deus existe. Poderia te dizer isso de outra maneira.

– Diz.

– É mais fácil para Deus criar um homem do que o homem criar Deus, não acha?

– Você é um gozador. Garçom, mais uma – disse o magro. – Não importa quem tenha criado quem. O que quero saber é por que você disse que o homem vem tentando matar Deus desde que o criou.

– Porque existindo ou não existindo, o certo é que ele está dentro do homem e quando um homem chega a ponto de matar outro homem – doença, epidemia, fama, ambição, avareza, ciúmes, inveja, miséria, peste, prostituição, melancolia, corrupção, fraude, guerra, calúnia, difamação, assalto, homicídio, solidão, desprezo, e até mesmo incompetência, você escolha aí – é o Deus que existe no homem que o outro homem tenta matar.

– Você não passa de um sofista de pé-sujo.

– Que pé-sujo, rapaz?

– Sofista de botequim.

– Vê, quando você explica eu entendo. – O gordo pediu azeitonas de tira-gosto e continuou, sorrindo. – De qualquer modo, os sofismas estão aí para serem destruídos. Mas não vejo sofisma algum quando digo que o que há de bom e de mau no mundo foi criado pelo homem. Deus entrou apenas com o mundo. O homem é quem faz do mundo o que bem entende e aparentemente está tentando destruí-lo. Digamos que Deus nos deu um belíssimo jogo. Como não temos paciência, talento e amor para decifrar suas regras, crianças irritadas que somos, preferimos destruí-lo. O nome do jogo é verdade. Para decifrar a verdade, o homem criou a realidade e acabou por se perder nos seus labirintos.

– Você está de porre? – disse o magro.

– Um pouco, o que é natural, pois estou bebendo cerveja com genebra e você só está tomando cerveja.

– E não é irresponsável o cirurgião que enche os cornos?

Se o gordo ficou irritado, não o demonstrou.

– Só vou operar dentro de 48 horas. Mas se fosse chamado a operar agora e não houvesse outro médico, tomaria muito café e tentaria fazer um bom trabalho.

– E se o paciente morresse?

– É o que venho tentando dizer. De quem seria a culpa? De Deus, do governo que não dá verbas para a saúde, do hospital que tem poucos médicos muito mal pagos, ou minha que me excedi na bebida? Eu não botaria Deus no meio.

– Você falou que o homem se perde nos labirintos da realidade. Que labirintos?

– Sei lá – disse o gordo, mandando para dentro outra genebra -, eu não sou Deus.

– Deixa de sacanagem, Estragon. Que labirintos?

– Imagino que sejam muitos, mas os principais certamente são sucesso, dinheiro, poder, vaidade, beleza, potência *y otras cositas más*.

– E daí? – perguntou Vladimir, depois de dar um real a um mendigo.

– Porra, você parece burro! A verdade é o mundo que nos foi dado grátis e a realidade é o que fizemos dele. Se o homem nasce perfeito, como acreditamos, o culpado pela própria deterioração física e moral só pode ser o próprio homem.

– Ah, é? E os fatores genéticos? A menina que morreu de leucemia nas nossas mãos? O vírus da aids?

– A leucemia foi transmitida pelos pais, ou pelos pais dos pais ou pelo primeiro primata da família. Sei lá o que fizeram para contraí-la! O vírus da Aids o homem, se não o inventou num laboratório para acabar com viados, prostitutas, negros, pobres em geral, foi buscá-lo nas selvas da África onde provavelmente era mais inofensivo que o vírus do resfriado. O que, diabo, tem Deus a ver com isso?

– E os filhosdasputas que ganham dinheiro em nome de Deus?

– Pera aí. Ganham dinheiro em nome de Deus sem a licença de Deus. Botaram ele de sócio do grande mercado, mas não pediram licença. Ele não assinou embaixo. De qualquer modo, esses filhosdasputas mereciam morrer. Se não morrem, também não é por culpa de Deus, mas dos idiotas que os sustentam.

– Quer dizer que este teu Deus não tem culpa de nada, gordo? – perguntou Vladimir.

– Devagar com a louça. Estou formulando hipóteses, levando em conta a existência de Deus. Pode ser que ele não exista, e nesse caso temos de nos transformar em deuses para dar um sentido à vida.

– E como é que vamos fazer isso, Estragon?

– Matando os ricos, talvez. Regenerando os ricos, quem sabe? Eu começaria seguindo os dez mandamentos.

– E o que proíbe matar?

– A gente adapta. Há muitas saídas cômicas e dramáticas antes da tragédia se impor.

– Que saídas?

– Avisos, sinais, alertas que podemos captar consciente ou inconscientemente a todo instante. Aquelas duas folhas de árvore que estão caindo ali...

– Ali onde? – perguntou o magro virando-se para a porta do bar.

– Estão caindo da árvore agora – apontou o gordo para onde não havia nem árvore nem folhas – e podem ser um sinal para mim que as vi, e para você que as viu pelos meus olhos.

– Sinal de quê?

– Sinal de que devo jogar no bicho ou no 1, no 2, 11, 12, no 21 ou no 22. Vamos embora enquanto ainda consigo dirigir. Você vem comigo?

– Vou pegar o metrô.

Naquela noite, magro surpreendeu a mulher na cama com o irmão mais jovem. Este irmão era como um filho para ele. Sustentava-o e pagava seus estudos de medicina desde a morte dos pais. Como se já o esperasse, a mulher deu-lhe um tiro no peito com o revólver que guardava sob os lençóis. Os dois dirão à polícia que confundiram o marido e irmão com um gatuno. Acabarão sendo punidos.

No momento em que Vladimir recebeu o tiro fatal, Estragon decidiu que estava cansado e, na Curva do Calombo, na Lagoa, jogou o carro a 120 quilômetros contra uma árvore. Morreu na hora.

Em ambos os fatos, não houve intervenção divina.

* * *

Nesta mesma noite, um passarinho escapava de sua gaiola em Juiz de Fora. Em verdade, se tratava de uma criança-passarinho, um autista de 18 anos que tentava, embora não o soubesse, sair de dentro da escuridão que existia dentro dele. Um dos muitos filhos de um casal extremamente pobre, Jesus da Silva Justo – este seu nome – nasceu sem saber que havia nascido. Continuava no transe hipnótico do qual a mãe se libertara, acabado o parto. O cordão umbilical entre Jesus e a mãe, das Dores, fora rompido, mas o cordão hipnótico não se rompera. Jesus não era uma pessoa, era um apêndice da mãe. Ele não achava, não concluía, não pensava, ele sentia o que a mãe sentisse.

Tinha um modo cômico de andar, sempre na ponta dos pés, dando pequenos saltos. Os braços estirados como se fossem asas, e no meio do caminho fazia curvas bruscas como se estivesse se desviando de um obstáculo que só ele conseguia ver.

Atarefados com a sobrevivência, a mãe, que lavava para fora, e o pai, que trabalhava numa pequena oficina mecânica perto do casebre onde moravam, não se deram conta de que Jesus era um menino-passarinho. Foram os irmãos os primeiros a notar que Jesus não obedecia ordens, podia ficar horas vendo a televisão preto e branco, não sentia dor, pois não tinha noção do próprio corpo, e nem ficava doente. Notaram que caía e não chorava. Para provarem sua teoria, queimaram seu braço com um cigarro sem que ele tomasse conhecimento. Levaram o menino, a essa altura com dois anos, para perto da mãe.

– Quer ver como Jesus não sente dor? – perguntaram.

– Deixem de bobagens, crianças.

Antes que a mãe pudesse interferir e diante dos seus olhos, apertaram o cigarro aceso contra o braço do irmãozinho. A mãe começou a gritar e o mesmo fez Jesus, pois sentia tudo o que a mãe sentia. Com exceção das necessidades, era incapaz de tomar a iniciativa de um gesto. Se a mãe escovasse os dentes, ele fazia o mesmo. Se a mãe se penteasse, vestisse, idem. Caso contrário podiam deixá-lo sozinho num quarto escuro que ele não dava mostras de irritação. Quando queria alguma coisa, água, por exemplo, ia até a mãe, pegava-a pela mão, levava-a até a pia, indicava o copo e a torneira. Só bebia a água depois que a mãe desse um gole.

Certo dia, quando tinha três anos, uma vizinha, com quem, a mãe desconfiava, o marido a traía, entrou na casa para pedir um pouco de açúcar emprestado. Jesus se aproximou dela e começou a lhe dar pontapés. A mãe o afastou da mulher e se desculpou pelo filho, mas ele continuou tentando agredi-la. Só se acalmou quando a mulher foi embora. Esta foi a primeira e última vez que este passarinho agrediu alguém na vida. Ao dar pontapés na mulher, nada mais fez do que realizar o desejo de das Dores.

A primeira vez que falou, aos cinco anos, foi para dizer:

– Ele quer estrela!

Como ninguém o entendia, começou a gritar cada vez mais alto e mecanicamente: "Ele quer estrela. Ele quer estrela. Ele quer estrela". Levaram mais de uma hora para descobrir que Jesus estava fazendo progressos. Como não tinha um eu, referia-se a si mesmo e, posteriormente, a todos os outros como "ele" e "ela", "eles" e "elas". Eram mais de oito pessoas dormindo num quarto e ninguém percebera que todas as noites Jesus saía porta afora assim que surgia o crepúsculo, e ficava horas olhando para as estrelas. Naquela noite, porém, alguém trancara a porta. Levaram outra hora para compreender o que Jesus queria, quando satisfizeram seu desejo e acabaram com a gritaria.

Quando a mãe lhe perguntava "Você quer entregar as roupas das freguesas comigo?", ele respondia "Você quer entregar as roupas das freguesas comigo?" A mãe sabia que isso significava "sim", pois, se não quisesse, não diria nada. Gostar de uma presença ausente, pois era isso que Jesus era, não é fácil. Passou a ser visto como um móvel que se locomovia sozinho, e os anos passaram. Gostar, ninguém gostava dele. Nem desgostava. A mãe gostava um pouco, pois julgava ter essa obrigação, e quando tentava demonstrar algum afeto, ele a repelia, pois sentia que não era verdadeiro. Um dia, alguém teve a ideia de colocar um espelho na frente dele. Afastou-o imediatamente com as mãos. Como insistissem, pegou o espelho, subiu na cama, cobriu-se totalmente com o lençol e foi ver seu rosto na escuridão. Aparentemente, para ele, ele era aquilo.

Quando fez quinze anos até mesmo o amor disfarçado da mãe Jesus perdeu. Das Dores morreu, de repente. Jesus estava livre. De alguma forma sentia isso, mas não sabia explicar. Tivessem lhe dado chance de escapar da escuridão, ele o teria feito, mas perderam a oportunidade e Jesus caiu dentro do caos; passou a ser um elemento mitológico da natureza antes da criação do mundo. Naquela casa, nunca mais disse uma palavra.

Um dia, o pai trouxe uma mulher e a mulher trouxe seus próprios filhos. Essas crianças tratavam Jesus como um cachorro e a mulher achava que ele dava azar. Se nada fazia, Jesus também não incomodava. Gritava apenas quando não permitiam que visse as estrelas ou desligavam a televisão, cuja cinética o distraía. Os irmãos mais velhos casaram e foram embora. A mulher, para não se incomodar, trancou o passarinho dentro de uma casinha, que já fora privada antes do pai construir um banheiro dentro de casa. Durante quase um ano ele ficou trancado. Gritava o dia inteiro, mas como a casinha ficava longe da casa, ninguém o ouvia. Às vezes lembravam de levar comida e água para ele, outras não.

A essa altura, Jesus já sabia que era um indivíduo embora não soubesse o significado de indivíduo. Ao se libertar da presença da mãe, passou a sentir por si mesmo. Certa madrugada decidiu fugir. Já poderia ter feito isso há mais tempo, pois apenas um nó de arame mantinha a porta fechada, mas jamais se interessara. Com uma velha camisa do Flamengo, sandálias havaianas e uma bermuda, meteu o pé na estrada e parecia mais voar do que andar. Era um rapaz bonito, alto, musculoso e passou os dez anos seguintes no inferno. Fizeram de tudo com ele: sodomizaram-no, embriagaram-no e obrigaram-no a fumar maconha. Graças às pedradas das crianças que encontrava pelas estradas, ficou levemente corcunda. Eventualmente, alguém tinha pena dele e lhe dava comida. Aprendera a dizer "Jesus quer comida", "Jesus quer cachaça", "Jesus quer cigarro". Não fora autista, não tivesse a alma de passarinho, cuja adrenalina foi programada para a fuga; tivesse dentro de si a violência, o ódio, a ira, em vez de amor, certamente teria morrido há muito tempo.

De vez em quando trancavam-no num hospício onde psicólogos e psiquiatras tentavam em vão diagnosticar sua loucura. O que ele queria dar e não sabia, o que ele queria receber e não sabia, era amor. Cedo, desistiam dele e o metiam em uma cela de onde acabava fugindo, ocasião em que todos respiravam aliviados.

Quando o encontrei, já tinha 28 anos. Vestia um macacão branco e batia a cabeça contra uma das pilastras do Hospital Psiquiátrico do Engenho de Dentro. Perguntei por que fazia aquilo. E ele:

– Ele está com raiva. Ele está com raiva. Ele está com raiva.

– E por que é que ele está com raiva?

– Ele está com raiva porque os outros loucos riem dele.

– E você, em vez de bater nos outros, bate com a cabeça na pilastra? Por que não bate nos outros?

– Ele não consegue. Ele não consegue.

Estávamos neste papo quando ele viu um rapaz de seus trinta anos entrar no pátio. Saiu correndo e o abraçou.

– Rafael, ele está apaixonado. Ele está apaixonado.

Qualquer um podia ver nos olhos do rapaz chamado Rafael, um jornalista, que gostava de Jesus. Depois de retribuir o abraço do passarinho com entusiasmo, lhe disse:

– Calma, rapaz, calma! Já te disse mais de mil vezes que você não é ele. Ele sou eu.

– Não, ele sou eu.

– Não, você é você, e ele sou eu.

– Não adianta, é muito complicado. Ele, eu, você, tu, é tudo gente.

Há alguns meses Rafael fora fazer uma reportagem sobre as condições do hospital e logo notara Jesus, que se parecia muito com seu irmão mais velho, um autista que morrera ao tocar num fio de alta voltagem. O sentimento de amor e piedade que sentira por Jesus ao vê-lo num canto do hospital como se fosse uma trouxa de roupa velha foi imediatamente captado pelo passarinho, cujos olhos se arregalaram ao vê-lo. Parecia um cadáver que houvesse ressuscitado. Pela primeira vez disse outras palavras além de "ele quer cigarro" ou "ele quer comida" ou "ele quer cachaça" desde que fugira de casa dez anos atrás.

– Ele é irmão dele. Ele quer ver as estrelas.

Depois de alguns dias, Rafael percebeu tudo e falou ao diretor do hospital sobre Jesus. Explicou-lhe que seu nome era Jesus, coisa que ninguém sabia até então; que se tratava de um caso de autismo e precisava de um tratamento especial.

– Não sabia que você também era psiquiatra – disse-lhe o diretor do hospital.

– E não sou, mas convivi mais de vinte anos com um autista em condições bem piores do que as de Jesus.

– Mas esse paciente vive batendo com a cabeça nas paredes. Como não se comunica com ninguém, vai ser muito difícil tratá-lo.

– Mas ele se comunica. Se comunica comigo. E desconfio que se comunicará com qualquer pessoa que sinta que gosta dele.

– E você gosta?

– Claro que gosto, é como se meu irmão estivesse vivo de novo. Esta é a questão: o autista se isola porque não sente amor.

A partir desse dia, Jesus passou a falar com os demais pacientes, médicos, enfermeiras e funcionários. Não se abria muito, usava as palavras economicamente, mas se comunicava. Rafael ia visitá-lo duas vezes por semana e foi assim que conseguiu ensiná-lo a contar até cem, a não pedir mais cachaça, nem cigarros. E foi assim que ele lhe contou toda a sua vida.

– Quando a mãe existia ele era a mãe. Depois que ela foi embora ele passou a ser ele, mas não podia contar para ninguém.

Foi também nessa época que Jesus se apaixonou por Teresinha, uma empregada doméstica psicótica que não lhe dava a menor bola. Um dia pediu a Rafael:

– Ele quer escrever uma carta para a Teresinha. Ele escreve para ele? Ele vai ditar.

Rafael apanhou seu bloco de anotações e uma caneta.

– Pronto, pode falar.

E passarinho:

– O amanhecer sempre sou eu, gritando pela realidade de todo o amor. Vamos sorrir no entardecer porque a vida é tudo de bom que nós temos em cada canto de cada pássaro. São a nossa paz e o amor que a gente tem de sentir... – Fez uma pausa. Parou de gesticular seus gestos largos e cômicos. – Está escrevendo direitinho?

– Estou.

– Então continua. Tem de sentir e olhar o céu dominado por cada linda estrela, são os prazeres do puro amor. Entre o lindo olhar, sei que até hoje não consegui enxergar a sua linda paixão. Amar é tudo que eu tenho por amor e esta paixão nunca vai sentir por amor que eu te amo demais. Assinado, ele, Jesus Justo. Escreveu?

– Escrevi – respondeu Rafael com quem Jesus se tornava cada vez mais parecido. – Como é que você, quando dita carta, escreve "eu" e quando fala, diz "ele"?

– Porque quando escrevo, ele sou eu. Agora entrega a carta para ela, por favor.

E lá se foi o jornalista entregar a carta para a amada do passarinho que se limitou a jogá-la fora, pois também era analfabeta.

Ao voltar para a sala de espera do hospital onde passarinho aguardava ansioso, Rafael lhe disse.

– Entreguei para a Teresinha e ela gostou muito.

– Mentira. Ela jogou fora. Posso ler os pensamentos dele. – E podia mesmo. Dito isso, abraçou-se ao amigo e começou a chorar.

Nessa noite, encontrei-o engolindo uma chave.

– Por que é que você engole coisas?

– Porque a mãe mandou.

– Como é o nome da tua mãe?

– Vingança.

Felizmente, em termos de paixões, Jesus era como um adolescente. Sofria durante alguns dias e logo se apaixonava novamente. Novas cartas se seguiam à nova amada. Aguardava as visitas de Rafael – que chamava de irmão – pois não confiava em mais ninguém para ditar sua correspondência amorosa.

– Nessa linda tarde de amor, pergunto só pra você, Jurema, lembras de mim? Sou eu, o Jesus Justo, aquele que você marcou comigo na quarta-feira e eu esperei e você não foi. A saudade de ser feliz por amor assim eu me senti tão feliz como quando o telefone toca e é você se apresentando por esse telefone que eu escutei sua linda voz. Passado é passado. Futuro é o nosso futuro. Entre em contato comigo, lembre-se: tentar ser feliz por amor sempre tentaremos pela paixão. Nós, espero, vamos nos conhecer melhor. Assinado, Jesus Justo.

– E onde está a Jurema, meu irmãozinho? – perguntou Rafael.

– É aquela ali – disse Jesus, apontando para uma faxineira mulata, meio gordinha.

Rafael leu a carta para Jurema que naquela mesma noite tirou a virgindade de Jesus num matagal nos fundos do hospital, conforme prometera a Rafael mediante módica remuneração.

Uma semana depois, Jurema deixou o emprego e passarinho passou a escrever-lhe todos os dias cartas que Rafael punha no correio sempre que vinha visitá-lo, e jamais eram respondidas. Depois de dois meses, o jornalista encontrou o amigo-irmão chorando.

– O que foi?

– Disseram que Jurema está namorando o carteiro que entrega as cartas para ela.

Naquela noite o surpreendi engolindo uma tesoura.

– Quero que você pare com isso – lhe disse.

E ele:

– Não posso, minha mãe Vingança mandou.

– E quando foi que ela mandou você engolir a tesoura?

– Ela aparece e diz: engole uma tesoura, engole um cadeado, engole uma caneta.

– Pois quando ela aparecer de novo, você diga que não vai engolir mais nada porque eu mandei. Está certo?

– Está.

E o passarinho nunca mais engoliu qualquer objeto. Uma semana depois, caiu no meio do pátio. Levaram-no para a enfermaria e através de raios X descobriram em seu estômago duas tesourinhas de cortar unhas, um cadeado, uma corrente de pulso, um isqueiro Bic, várias tampas de refrigerante e chaves de tamanhos diversos. Retiraram tudo com pinças e sem anestesia, pois a parte autista que sobrara em Jesus funcionava como analgésico.

Como Jesus, com o passar do tempo, desse mostras de entrar em surto psicótico graças à indiferença de seus amores (psicólogas, enfermeiras, faxineiras, pacientes), Rafael, com a devida permissão do diretor do qual se tornara amigo, passou a sair com ele. Primeiro, levou-o ao cinema, coisa que jamais vira na vida. O passarinho chorou de felicidade. Depois, levou-o até sua casa no Grajaú e o apresentou a seus pais, sua mulher e filhos. Se o leitor é desses que acredita em emanações de energia positiva, parece que isso havia na casa de Rafael, cuja família adotou Jesus imediatamente. Por insistência dele, o jornalista lia durante o almoço os poemas do passarinho.

– Atenção, gente, a última façanha do Jesus. Silêncio que eu vou ler: "Entre os passados bons e um futuro melhor eu fico para mim no meio dos dois porque me sinto muito feliz. Nos momentos que faço meu futuro melhor, me sinto cada vez mais feliz. Vamos nos concentrar e ver o que é um futuro bom. Não é você falar sem fazer ou então sem conferir. O futuro é um passado melhor. Os passados que são ruins a gente deixa no passado. Os passados que são bons, a gente leva para o futuro. Um futuro bom é um passado que não poderia ser pior. São essas lindas palavras que tenho para te dizer nesta linda tarde deste lindo amor. Assinado, Jesus Justo, o poeta que não existe".

Enquanto Rafael, que tinha uma boa voz, lia o texto de Jesus, ele se contorcia de pura felicidade na sua cadeira e lágrimas de alegria desciam pela sua face magra.

Um dia, a filhinha de Rafael, Maria, de cinco anos, lhe perguntou:

– Você não sente raiva?

– Não.

– Você não sente raiva quando alguém te faz mal?

– O mal não existe. O mal é o bem que ficou doente.

– Você é meio tapado, hein? – disse a garotinha. – Quando meu irmão arrancou um braço da minha boneca, eu fiquei com raiva dele. Você não tem esse tipo de raiva?

– Não. Eu sinto uma dor num vazio que se mete dentro de mim.

Rafael notou que com a sua filhinha Jesus também usava o pronome eu.

Nos dias em que Rafael não aparecia no hospital, Jesus se dedicava a sofrer com a rejeição das mulheres às quais proclamava o seu lindo amor. O jornalista decidiu que seu irmão, como o chamava, devia ocupar melhor o seu tempo. Como não houvesse cantina no hospital, emprestou cem reais a Jesus. Com esse dinheiro, ele fez um tabuleiro, desses de baleiros de cinema, e passou a vender empadas, balas, bombons, paçocas de amendoim, pacotes de batatinhas fritas. Era a cantina ambulante do hospital e se não ganhava dinheiro (não conseguia dizer não para quem pedisse fiado) também se divertia e se sentia importante, pois, como dizia, era um pequeno empresário.

Essas empadas, aliás muito gostosas, quem fazia para ele era uma ex-paciente e ex-amor. Um dia o vi conversando com um sujeito mal-encarado que lhe perguntava.

– Quanto é uma empada?

– Metade de um real. (Até ali ia a sua aritmética.)

– E duas?

– Um real.

– E se eu te pedisse para me vender cem empadas?

– Aí cada empada ia custar um real.

– E mil empadas?

– Aí cada uma ia custar cinco reais.

– Por quê?

– Está todo mundo feliz com a empada a meio real. Se a coitada da Lourdes tiver de trabalhar o dia inteiro para fazer mais empadas, é natural que também ganhe mais.

Não houve jeito do homem fazer com que passarinho entendesse a lógica do capitalismo.

Como dizia Jesus, não existe o mal, existem males, produtos da deterioração do bem. E os males se apresentaram. Primeiro, Rafael foi transferido para a sucursal do jornal em Nova York e com ele desapareceram também as eventuais namoradas que providenciava para Jesus. Em seguida, mudou a direção do hospital e a primeira atitude tomada pela nova direção foi instalar uma cantina e proibir que passarinho vendesse seus produtos. Sua mãe, a Vingança, apareceu para ele e pediu-lhe que engolisse uma tesoura, mas o passarinho lhe disse que eu não iria gostar. Um dia, recolheu um gato na rua e deu-lhe o nome de Rafael. Conversava com o gato, que aparentemente entendia tudo o que ele dizia, pois se comportava como um cachorro. Onde Jesus ia, lá estava o gato. Mas a direção do hospital deu um jeito de sumir com o animalzinho.

Encontrei-o certa noite no porão, conversando com um ratinho. Perguntei-lhe:

– Quem é esse aí?

– É o Rafael.

– E ele entende o que você fala?

– Entende tudo. Quer ver? Como é o teu nome?

E o ratinho:

– Rafael.

– O que é que eu sou teu?

– Você é meu dono.

– Dono, não. Amigo.

– Amigo – corrigiu-se o ratinho imediatamente.

– Mas você não sabe que a direção do hospital proíbe que os pacientes tenham animais de estimação?

– Ah, mas eu não tenho o Rafael. Ele já morava aqui quando nos conhecemos. Ele é do hospital.

Jesus andava com o ratinho no bolso. Quem o visse falando com ele, diria que falava sozinho. Sempre atencioso, gentil, educado com todos, Rafael-rato lhe dera mais uma razão para viver. Outra, era a chegada das cartas de

Rafael-homem que lhe escrevia pelo menos uma vez por semana, e que eu lia para ele.

Um dia, um dos seguranças do hospital surpreendeu Jesus conversando com o ratinho e levou os dois à direção. O novo diretor, doutor Ponce, que devia estar irritado por outras razões, foi extremamente rude com ele.

– Seu Jesus, o senhor é um abusado. A diretoria anterior lhe deu muitos privilégios, mas agora esses privilégios acabaram. Aqui todos são tratados igualmente. – E virando-se para o segurança: – Mate esse rato e deixe o senhor Jesus uma semana na cela para os furiosos. Vamos ver se ele aprende.

– Por favor, senhor rei, não me tire o Rafael. Ele é a minha única linda felicidade.

– Seu desaforado! Está tentando me ridicularizar, me chamando de rei? – E para o segurança. – Não quero mais ver este homem na minha frente.

Na noite do sexto dia, fui visitá-lo na sua cela. Estava magro e chorava. Quando me viu, me deu um abraço apertado. Suas lágrimas de passarinho molharam meu peito. Sentei-me na cama beliche e ele pôs a cabeça no meu colo. Enquanto eu passava a mão sobre seus cabelos, perguntou:

– Por que é que eu não posso ser feliz?

Afaguei seu rosto com a mão, ignorei sua pergunta e lhe fiz outra:

– Jesus, você não quer vir comigo?

– Quero.

Saímos os dois da cela e nos dirigimos à minha casa. Disse-lhe:

– Você tem muito a ensinar a dois médicos, amigos meus, Vladimir e Estragon.

– Trabalham contigo?

– Trabalham.

– E na sua casa, tem gatos, cachorros, ratinhos?

– Tem.

– Tem o Rafael e a Jurema?

– Não, o Rafael está em Nova York e a Jurema parece que parou de namorar o carteiro.

– Parou?

– Parou. – Jesus permaneceu em silêncio por algum tempo.

– Parou mesmo?

– Parou. Jesus, meu filho, tem certeza de que quer ir para a minha casa?

– Tenho não. Agora que a Jurema parou de namorar o carteiro, talvez ela me dê de volta o seu lindo amor.

Os passarinhos têm direito a mudar de ideia. Voltamos.

Na manhã seguinte encontraram Jesus desmaiado na cela. Levaram-no para a UTI e uma semana depois estava de pé. A faxineira que varria a enfermaria era a Jurema. Dia desses passo lá pelo hospital para uma visitinha.

NOTAS BIOGRÁFICAS

Fausto Wolff nasceu em Santo Ângelo, Rio Grande do Sul, 1940. É jornalista desde os 14 anos, quando começou a atuar como repórter policial em Porto Alegre. Em 1958, transferiu-se para o Rio de Janeiro, onde trabalhou para vários jornais, revistas e redes de televisão. Residiu dez anos na Europa, período em que escreveu para cinema, dirigiu teatro, foi correspondente de jornais brasileiros e ensinou literatura nas universidades de Nápoles (1968 a 1972) e Copenhague (1972 a 1978). Foi um dos editores de *O Pasquim* e escreveu milhares de artigos para a imprensa. Alguns de seus livros foram sucessivamente reeditados, a exemplo de *Sandra na terra do antes*, com mais de 50 mil exemplares vendidos, traduzido para várias línguas e cuja primeira edição saiu em folhetim na Dinamarca. Romancista, contista e poeta, conquistou os prêmios Revelação de Romance JB, Academia Mineira de Letras, União Brasileira de Escritores, Feira do Livro de Porto Alegre, Nestlé e Jabuti, entre outros. Traduziu para o português autores norte-americanos e europeus.

BIBLIOGRAFIA

Romance

O acrobata pede desculpas e cai. Rio de Janeiro: José Álvaro, 1966.
O campo de batalha sou eu. Rio de Janeiro: José Álvaro, 1968.
Matem o cantor e chamem o garçom. Rio de Janeiro: Codecri, 1978.
À mão esquerda. Rio de Janeiro: Civilização Brasileira, 1996.
O lobo atrás do espelho: o romance do século. Rio de Janeiro: Bertrand Brasil, 2000.

Conto

O homem e seu algoz: 15 histórias. Rio de Janeiro: Bertrand Brasil, 1998.
O nome de Deus: 10 histórias. Rio de Janeiro: Bertrand Brasil, 1999.

Miscelânia

A milésima segunda noite ou história do mundo para sobreviventes. Rio de Janeiro: Bertrand Brasil, 2005.

Crônica

O dia em que comeram o ministro. Rio de Janeiro: Codecri, 1982.
Venderam a mãe gentil. Rio de Janeiro: Codecri, 1984.
ABC do Fausto Wolff. Porto Alegre: L&PM, 1988.
A imprensa livre de Fausto Wolff. Porto Alegre: L&PM, 2004.

Poesia

Cem poemas de amor e uma canção despreocupada. Rio de Janeiro: Bertrand Brasil, 2000.
O pacto de Wollfenbüttel e a recriação do homem. Rio de Janeiro: Bertrand Brasil, 2001.
Gaiteiro velho. Rio de Janeiro: Bertrand Brasil, 2003.

Infantojuvenil

Sandra na terra do antes. Rio de Janeiro: Codecri, 1979.
Tristana: a maior gota d'água do mundo. São Paulo: Nacional, 1984.
Carta aos estudantes. São Paulo: Nacional, 1984.
O ogre e o passarinho. São Paulo: Ática, 2002.

Reportagem

Os palestinos: judeus da 3ª guerra mundial. São Paulo: Alfa-Ômega, 1982.

Rio de Janeiro: um retrato (a cidade contada pelos seus habitantes) – Os anos 80. Rio de Janeiro: Fundação Rio, 1990.

ÍNDICE

COLEÇÃO MELHORES POEMAS

Castro Alves
Seleção e prefácio de Lêdo Ivo

Lêdo Ivo
Seleção e prefácio de Sergio Alves Peixoto

Ferreira Gullar
Seleção e prefácio de Alfredo Bosi

Mario Quintana
Seleção e prefácio de Fausto Cunha

Carlos Pena Filho
Seleção e prefácio de Edilberto Coutinho

Tomás Antônio Gonzaga
Seleção e prefácio de Alexandre Eulalio

Manuel Bandeira
Seleção e prefácio de Francisco de Assis Barbosa

Cecília Meireles
Seleção e prefácio de Maria Fernanda

Carlos Nejar
Seleção e prefácio de Léo Gilson Ribeiro

Luís de Camões
Seleção e prefácio de Leodegário A. de Azevedo Filho

Gregório de Matos
Seleção e prefácio de Darcy Damasceno

Álvares de Azevedo
Seleção e prefácio de Antonio Candido

Mário Faustino
Seleção e prefácio de Benedito Nunes

Alphonsus de Guimaraens
Seleção e prefácio de Alphonsus de Guimaraens Filho

Olavo Bilac
Seleção e prefácio de Marisa Lajolo

João Cabral de Melo Neto
Seleção e prefácio de Antonio Carlos Secchin

Fernando Pessoa
Seleção e prefácio de Teresa Rita Lopes

Augusto dos Anjos
Seleção e prefácio de José Paulo Paes

Bocage
Seleção e prefácio de Cleonice Berardinelli

Mário de Andrade
Seleção e prefácio de Gilda de Mello e Souza

Paulo Mendes Campos
Seleção e prefácio de Guilhermino Cesar

Luís Delfino
Seleção e prefácio de Lauro Junkes

Gonçalves Dias
Seleção e prefácio de José Carlos Garbuglio

Haroldo de Campos
Seleção e prefácio de Inês Oseki-Dépré

Gilberto Mendonça Teles
Seleção e prefácio de Luiz Busatto

Guilherme de Almeida
Seleção e prefácio de Carlos Vogt

Jorge de Lima
Seleção e prefácio de Gilberto Mendonça Teles

Casimiro de Abreu
Seleção e prefácio de Rubem Braga

Murilo Mendes
Seleção e prefácio de Luciana Stegagno Picchio

Paulo Leminski
Seleção e prefácio de Fred Góes e Álvaro Marins

Raimundo Correia
Seleção e prefácio de Telenia Hill

Cruz e Sousa
Seleção e prefácio de Flávio Aguiar

Dante Milano
Seleção e prefácio de Ivan Junqueira

José Paulo Paes
Seleção e prefácio de Davi Arrigucci Jr.

Cláudio Manuel da Costa
Seleção e prefácio de Francisco Iglésias

Machado de Assis
Seleção e prefácio de Alexei Bueno

Henriqueta Lisboa
Seleção e prefácio de Fábio Lucas

Augusto Meyer
Seleção e prefácio de Tania Franco Carvalhal

Ribeiro Couto
Seleção e prefácio de José Almino

Raul de Leoni
Seleção e prefácio de Pedro Lyra

Alvarenga Peixoto
Seleção e prefácio de Antonio Arnoni Prado

Cassiano Ricardo
Seleção e prefácio de Luiza Franco Moreira

Bueno de Rivera
Seleção e prefácio de Affonso Romano de Sant'Anna

Ivan Junqueira
Seleção e prefácio de Ricardo Thomé

Cora Coralina
Seleção e prefácio de Darcy França Denófrio

Antero de Quental
Seleção e prefácio de Benjamin Abdalla Junior

Nauro Machado
Seleção e prefácio de Hildeberto Barbosa Filho

Fagundes Varela
Seleção e prefácio de Antonio Carlos Secchin

Cesário Verde
Seleção e prefácio de Leyla Perrone-Moisés

Florbela Espanca
Seleção e prefácio de Zina Bellodi

Vicente de Carvalho
Seleção e prefácio de Cláudio Murilo Leal

Patativa do Assaré
Seleção e prefácio de Cláudio Portella

Alberto da Costa e Silva
Seleção e prefácio de André Seffrin

Alberto de Oliveira
Seleção e prefácio de Sânzio de Azevedo

Walmir Ayala
Seleção e prefácio de Marco Lucchesi

Alphonsus de Guimaraens Filho
Seleção e prefácio de Afonso Henriques Neto

Menotti del Picchia
Seleção e prefácio de Rubens Eduardo Ferreira Frias

Álvaro Alves de Faria
Seleção e prefácio de Carlos Felipe Moisés

Sousândrade
Seleção e prefácio de Adriano Espínola

Lindolf Bell
Seleção e prefácio de Péricles Prade

Thiago de Mello
Seleção e prefácio de Marcos Frederico Krüger

Arnaldo Antunes
Seleção e prefácio de Noemi Jaffe

Armando Freitas Filho
Seleção e prefácio de Heloisa Buarque de Hollanda

Luiz de Miranda
Seleção e prefácio de Regina Zilbermann

*Affonso Romano de Sant'anna**
Seleção e prefácio de Miguel Sanches Neto

*Mário de Sá-Carneiro**
Seleção e prefácio de Lucila Nogueira

*Almeida Garret**
Seleção e prefácio de Izabel Leal

*Ruy Espinheira Filho**
Seleção e prefácio de Sérgio Martagão

**PRELO*

GRÁFICA PAYM
Tel. (011) 4392-3344
paym@terra.com.br